KB017439

그만두길 잘한 것들의 목록

그만두길 잘한 것들의 목록

서윤후 지음

바다출판사

시작하는 글

이 책은 한 권의 노트에서 시작되었다. 더운 나라로 여행을 다녀온 친구는 엉성한 수제 공책 한 권을 내밀며 내게 말했다. "너라면 이 공책을 기쁘게 채워줄 수 있을 것 같아." 선물보다 그 말이 더 마음에 들었다. 며칠을 궁리하며 공책의 쓸모에 대해 생각하다가 문득, 사라진 삶의 파편들을 정리해보기로 마음먹었다.

'그만두길 잘한 것들의 목록'이라고 적고, 이제 내게 없는 것, 스스로 그만두었거나, 나를 떠나간 것을 떠올리며 채워나갔다. 할 일로 빼곡한 생활의 숨겨진 여백이 회복될 것을 내심 기대하면서. 그러나 이 목록은 첫 마음과는 다르게, 내가 지켜내고 있거나 사랑하는 것들에 대한 고백으로 변해가고 있었다. 떠나간 자리에는 반드시 무언가 남겨져 있고, 차마 떠나보내지 못한 것이 나를 밀어내는 작은 실랑이의 현장이었다.

첫 직장을 그만둘 때, 딱딱한 사직서 대신 예쁜 엽서를 골라 편지를 썼다. 귀여운 병아리 떼가 줄지어 행진하는 귀여운 일러스트가 그려진 엽서였다. 엽서가 모자랄 정도로 꽉 채워 쓴 내용은 내가 회사를 그만두는 이유였는데, 동시에 하고 싶은 것을 시작하겠다는 용기가 담겨 있었다. 내가 할 수 있는 방식으로 끝맺음을 선택한다는 것은, 말줄임표를 남기지 않고 무언가 운을 띄울 수 있다는 좋은 징표였다.

시인이 되고 두 해 정도는 불러주는 곳이 거의 없었다. 청탁 없이도 열심히 시를 썼지만, 기대했던 것만큼 쓸쓸함도 커져만 갔다. 절박한 시간이 길어질수록 나는 거절 없는 삶에 단련되어 있었다. 다시는 오지 않을 기회라고 여기면서, 일이 내게 주는 이로움이나 해로움을 가리지 않고 무작정 했다. 그러다 보니, 삶은 내가 원하는 것보다 원하지 않는 것들로 채워졌다. 자리를 내어두지 않으면 아무것도 오지 않는다는 것을 믿으며, 조금씩 비워내기 위해 안간힘을 썼다.

계속된다는 것에 대해 의심할 때가 적지 않았다. 계속된다는 것, 그것은 결코 살아 있기 때문만은 아닐 것이다. 시간과 상황이 맨손에 쥐어지는 것이기도 하겠지만 생각해보면 내가 선택해온 것들이 더 많았다. 계속하고 싶은 것을 좋아한다고 생각했고, 좋아하는 것엔 착실히 고통이 뒤따른다는 것을 서툴게 배우면서 나는 계속해왔다. 무엇을 계속해야 할지 고민하는 동안에 적절히 그만두고 싶은 것을 찾기도 했다. 어쩌면 나는 등단 후 20대를 지나오며 나를 채워온 것들에 대해 이야기했던 것 같다. 지금부터는 채워진 것들이 나를 통과해 다시 어떻게 떠나갔는지에 대해 말하고 싶다. 이제 내게 없는 것들이 내 안에 무엇을 남기고 떠났는지 그 매듭을 풀어볼 차례가 된 것이다.

시인 메리 올리버는 자신에게 주어진 바깥 풍경을 온몸으로 걸으며, 자연 그대로의 아름다움을 겪는다. 자연의 신비로움을 곁에 두고 쓴 시와 산문은 많은 사람의 사랑을 받고 있다. 내게도 풍경이라 말할 수 있는 것이 하나 있었는데, 그것은 살아가고 있는 울퉁불퉁한 생활이었다. 방바닥을 닦다가 여기저기 떨어져 있는 고무줄을 손목에 차곡차곡 채우며, 머지않은 쓸모를 생각하는 작은 미래가 있는 생활. 심혈을 기울여 고른 찻잔과 국그릇이 함께 나

뒹구는 부엌에 서서 밥을 짓고 국을 데우는 생활. 나의 리듬이 내려앉아 있는 집이자 삶의 미니어처. 죽은 화분을 비우고, 새 씨앗을 심으며 자꾸 되뇌는 마지막이라는 시작. 물수건을 이마에 얹고 잠들었다가, 회복하며 일어나는 구김살 많은 이부자리. 이것이 한데 흐르고 있는 생활이라는 풍경.

생활이란 얼마나 지겹고 또 얼마나 무궁무진한가. 보잘것없는 풍경 속에서 내가 무언가 그만둘 수 있었다면 아마도 어디선가 빌려온 용기 덕분일 것이다. 혼자 들썩였다가 혼자 식어버린 시시한 일들일 수도 있지만, 물러나서 보고 싶었다. 뒷걸음질로 내가 깨져온 자리를 밟아 보고 싶었다. 그것을 하나씩 치우며 정리하고, 돌아본 기록이라고 하면 이 책의 소개로 충분할까.

생활 속에서 그만둔 목록을 적는 것은, 내가 무엇을 그토록 열망했는지 확인하는 작업이었다. 이 책을 만난 분들에게도 드리우고 있을 생활이라는 풍경을, 떠나보냄의 안녕을 나의 목록을 통해 비춘다면 어떨까. 큰 욕심이겠지만, 이 책을 읽는 동안 잠깐이라도 잘 살고 싶다는 생각을 하게 되면 좋겠다고 생각한다. 내 글이 닿아, 여러분에게 머물러 있는 풍경을 환히 밝혀줄 수 있으면 좋겠다고.

그 믿음으로 나는 오늘도 생활의 문턱을 넘어선다.

이렇게 또 계속되는 것이다.

2021년 5월

서윤후

차례

고독의 몸부림

문학은 내게 고독을 달랠 수 있는 시간을 주었다.

고독에 몸부림치는 일을 그만두기로 한 것은, 고독이 나의 모국어라는 생각이 들어서였다. 고독을 품지 않으면 말문이 트이지 않을 것 같다는 불안감이 컸다. 고독과 내가 서로를 떠날 수 없다면, 나는 이 고독을 따뜻한 존재로 만들고 싶었다.

그러나 나는 고독을 돌보기보다는 자주 외면하기 바빴다. 고독이 솟아오를 때, 그게 고독의 형상인지 잘 알아보지 못했고 알아봤다 한들 모르는 척했다. 그저 지나가는 기분에 불과하다고 생각했던 것일까.

고독은 깊은 생각에 잠길 수 있도록 작고 좁은 방을 내주었다. 그 방은 나 자신에게 충실할 수 있도록 마련된 만큼 외부의 많은 것을 차단했다. 빛은 물론이고 어제 받은 꽃다발도, 친구의 상냥한 농담도, 세금 고지서도, 몇 번 울리다 마는 초인종 소리까지도. 고독은 내 곁에 있는 것을 지워가는 형태로 나타났다.

타인으로부터 덜어내야 하는 고독이 있다고 착각했었다. 누군가와 사귀거나 연애를 해야만 그 고독이 해소된다고 믿었기 때문이다. 그렇게 잠깐 채워졌다가 다시 홀연히 혼자가 될 때 얼마나 더 큰 고독이 되어 돌아오는지 잘 몰랐다. 고독은 해소될 수도 사라질 수도 없이 나를 계속 따라다녔다.

내가 사랑하는 작가 메이 사튼은 고독과 가깝고 친밀한 생활을 했다. 그의 생활이 묻어나는 두 권의 산문집에서, 그는 고독이라는 언어를 모사하기 위해 끊임없이 노력한다. 그의 이야기 대부분은 집 안에서 시작한다. 집 밖의 일마저도 집 안에서 생각하며 쓴 글들이 많다. 창밖 날씨로부터 전해지는 음울한 분위기, 집 안의 고요한 풍경, 드나드는 고양이와 몇 가지의 우편물, 연락을 주고받는 이웃과 그마저도 전해지지 않는 쓸쓸한 침실에서 그는 산문을 써 내려간다. 그의 고독감은 단단해서 좋았다. 근거 없이 태어난 기분 정도로 묘사되는 것이 아니었고 죽음을 노래하거나, 삶을 끝장내려는 시시한 상상과는 조금 거리가 멀었다. 이 고독을 추켜 입고서 멀리 가려고 했다. 차에 시동을 걸어야 할 때라고 말하는 것처럼 말이다.

내게 인상 깊었던 대목은 메이 사튼이 쓰는 일에 있어 서슴없이 이야기하는 대목이었다. 몇 가지의 크고 작은 강연을 끝낸 뒤의 허탈감, 시와 산문 사이에서의 괴리감, 작품을 읽어주는 독자로부터 받은 편지와 책이 나온 뒤 문단의 평판을 조금이나마 엿듣는 것들. 그리고 이 모든 것들의 쓸모에 대한 생각들.

그는 아웃사이더를 자처한 것처럼, 정말이지 모든 중심에서 이탈한 사람이었다. 그럼에도 벗어난 궤도에도 중심이 생기고, 그 중심을 지탱할 만한 주변이 생겼다. 또 그는 그 주변을 살뜰하게 챙기는 사람이기도 했다. 다른 고독을 이해하는 따뜻한 고독감을 가진 사람이었다.

고독을 차근차근 이해하면서, 나는 내가 몸부림치며 떨쳐내고 싶어 했던 나의 엉성한 뒷모습까지도 온전히 바라볼 수 있게 되었다. 외롭고 비참할 때도 있지만 내가 나의 어떤 부분을 부정한다고 해서 믿고 싶은 모습만 간직할 수 없다는 것을 알게 되었으니까.

메이 사튼은 다방면의 글을 집필해왔다. 그 글쓰기의 범위가 그가 감당했던 고독의 크기처럼 보였다. 하나만 잘하자고 생각하던 내게는 이해할 수 없는 행보였지만, 그의 마지막 인터뷰를 읽고 나서 생각이 달라졌다.

"때때로 자기모순이라는 악마는, 내게 시와 시 사이에서 운명적으로 나뉘어야 한다고 말해왔습니다. 소설은 내가 무언가를 알아내기 위해 썼고, 시는 제 스스로에게 묻고 싶었던 질문을 썼지요. 대답을 하기 위해 내 이야기를 해야 할 때가 있었고, 그것을 나는 후회하지 않습니다. 그리고 마침내 나는 나의 악마를 잠재울 수 있었습니다."

고독은 자기모순을 일으키며 느낄 수 있는 모든 통점을 자극한다. 고독은 내가 함부로 길들이거나 달랠 수 없는 동물이기도 하다. 내 몸에 박힌 고독의 이빨 자국을 세어보며 살아갈 날들의 용기를 잃어갈 때마다 나는 몸부림을 치는 대신 고독을 천천히 이해해보고 싶었다. 알고 싶지 않은 것을 알게 되거나 스스로 굴복해야 하는 순간이 찾아왔지만 필요한 일이었다.

내 생활의 밑천이기도 하다.

일기 쓰기의 부끄러움

일기 쓰는 사람을 전적으로 신뢰하고 좋아하는 편이다.

여행지에서 만난 낯선 사람들 사이에서 졸지에 일기를 쓴다고 고백했다가 특이한 사람으로 몰렸을 때였나, 한 사람이 몰래 다가와 친구를 만난 것처럼 반가운 얼굴로 내게 나지막이 말했다. "저도, 씁니다. 일기!"

책을 좋아하거나 글을 쓰는 사람들에게 '일기'는 익숙한 것이지만, 막상 내가 머무는 반경을 넘어서면 일기 쓰기에 반감을 지닌 사람들을 어렵지 않게 만날 수 있다. 그 사람들은 대개 이런 반응이다. "몇 살인데 아직도 일기를 써요?" "초등학교 때 쓰고 안 써본 것 같아." "혹시 갬성글 쓰시나요?"

일기를 유아적인 행위라고 생각하는 사람들도 있다. 나이에 맞지 않는 유별난 행동으로 보는 사람들. 이들 앞에선 일기 이야기를 쉽게 꺼낼 수가 없었다. 알고 보면 그들이 자주 하는 "어디에서 영감을 얻으세요?"라는 물음에 대한 답이건만. 내 대부분의 글은 일기에서 걸음마를 뗐다.

얼마 전에는 '나무말미'라는 단어를 처음 알게 되어 뜻을 찾아보았다. '오랜 장마가 잠깐 동안 개어 풋나무를 말릴 만한 겨를'이라는 뜻을 지니고 있었다.

어떤 단어에 마음을 빼앗기는 경험을 실로 오랜만에 했다. 낯선 단어를 곱씹으며 기대어서는 깊은 생각에 잠기기도 했다. '겨를'이라는 순간이 필요했던 시간에 대해서. 비도 눈도 유독 많이 왔던 기나긴 계절을 지나오면서 내게도 필요했던 겨를이 제때 찾아왔었나. 헐렁한 손목시계를 괜히 만지작거리는 시간이었다.

회사에 다니기 시작하면서부터 아침을 서서히 좋아하게 되었다. 할 수 없는 것이기도 했지만 의외로 잘 맞았다. 아침이라고 특별히 하는 것은 없었다. 아침을 맞이한 사람들을 보는 재미가 있었다. 그저 거리의 활기를 두 눈으로 바라보고, 출근 버스에 오르는 사람들의 표정을 유심히 살피고, 좋아하는 노래의 음량을 가득 채워 들으며 하루를 온몸으로 활보하는 일을 사랑하게 된 것이다. 가게 문을 열기 위해 분주히 준비하는 사람들, 할머니 손을 잡고 학교 가는 아이들, 이른 산책을 나온 주인과 강아지 등을 잠깐이나마 마주치면서 비로소 시작된 하루를 셈해 볼 수 있었다.

아름드리 아침 풍경과는 다른 저녁이 되면 어쩔 수 없었다. 썰물처럼 할 일이 모두 빠져나간 자리에 서 있는 나는 밀물처럼 빠르게 밀려오는 어둠에 자주 허우적거렸다. 저녁이 다 되어서야 무언가를 새롭게 하려고 했지만 실패했다. 하루를 돌아보기는커녕 저녁을 만들어 먹고, 영양제를 챙겨 먹고, 이부자리를 정리하고, 못다 쓴 메일에 답장을 하고 나면 자야 할 시간이 찾아들었다. 아주 짧게 주어지는 시간이 생기면 이상한 보상 심리에 사로잡혀 아무것도 하지 않는 기쁨을 어설프게 누리기도 했다. 남들도 다 그렇게 살 거라는 말을 자주 떠올렸다.

시의 첫 줄을 쓰거나 편지 말미에 추신을 적을 수 있

는 정도의 시간. 나의 나무말미는 비로소 내 속도의 둘레를 감을 수 있는 때였으므로 큼직한 공책을 꺼내어 일기를 썼다. 단 한 줄이라도 좋다는 마음으로, 눈앞에 도착한 것과 마주했다.

주변의 시선 때문인지 일기를 쓴다는 것이, 조금은 부끄럽게 느껴지기도 했다. 치앙마이 여행 중에 알게 된 사람이 있었는데, 일기를 쓰러 그만 숙소에 돌아가야 한다고 했더니 내게 이렇게 묻기도 했다

"너 다꾸(다이어리 꾸미기)도 하지?"

순간 너무 웃기면서 동시에 귀가 빨개졌는데 그 이유는 '다꾸'를 실제로 하고 있진 않았지만 어떤 심정으로 그런 질문을 했는지 잘 알 것 같아서였다. 그때 숙소로 돌아와 웃음이 나오는 것을 애써 참으며 일기를 쓰는 이유를 생각해보았다. 생각하면 할수록 그 이유는 아주 명백하고 깨끗했다. 지난 일기를 돌이켜 읽으면 다시 잘 살고 싶어졌으니까.

오래된 문장마다 살기 위해 안간힘을 쓰고 있는 이야기가 맺혀 있다. 그런 것을 보면 신기하게도 아무런 다짐

없이 잘 살고 싶어진다. 예전과는 다소 달라진 생각과 취향을 발견할 때에도 좋았다. 스스로 변함없다고 착각하는 나를 자주 흔들어놓았기 때문이다. 내가 쓴 문장이 다시 내게로 돌아오는 경험은 은근히 흔하지 않다. 생활에 부대끼거나 몸살을 앓으며 겨우내 쓴 몇 줄의 문장이 오늘에서야 나를 살게 한다는 것은 일기의 기막힌 속임수가 아닐 수 없다.

다자이 오사무의 서한집이나 수전 손택, 메이 사튼, 프란츠 카프카의 일기를 탐독하면서, 삶에 찾아오는 구체적인 통증을 먼저 예감해보고는 했다. 일상에 아무런 일도 일어나지 않는 것을 다행으로 여기다가 금세 지루함에 지칠 때면 주저앉고 싶었는데, 그들의 조각난 글이 가진 들끓는 불안함을 읽는 것이 도움이 되었다.

일기는 생활을 촘촘하게 기록하는 일이니 그 밀도에서 끓는점이 잘 보였고, 하루를 결정 짓는 어떤 미묘한 순간이 매일 온다는 것도 발견할 수 있었다. 특별히 대단하거나 극적이지 않더라도, 혹은 아무런 맥락 없는 하루였더라도 그날 느낀 감정이나 지니게 되었던 마음을 기록하는 것은 나의 흔들림을 정직하게 기록하는 일이었다. 그래서 몹시 부끄럽고, 훗날에 그것을 읽을 나는 아름답기를 바랐다.

나무말미에 걸터앉아 일기를 쓴다. 날짜를 적고, 기분이나 날씨에 대해 가벼운 이야기를 시작한다. 혼자서 말하고 나면 나아지는 이야기가 있다. 말하지 않아서 통증처럼 남겨지는 이야기가 있었으므로, 말하게 된다. 나무말미의 시간 속에서, 어쩌면 영원하고 다시는 떠올리지 않을 이 흔들림에 젖은 머리를 말린다. 일기는 잠깐 들어찬 겨를 동안 내게로 온 것들, 머물다 떠나간 것을 배웅하거나 마중하는 일이다. 내가 가진 짐작 중 가장 확실한 것이다.

초등학생 때 일기장을 숙제처럼 제출하던 때가 있었다. 선생님 책상을 청소하다가 펼쳐져 있는 일기장을 우연히 본 적 있었다. 아주 미워하던 친구의 것이었다. 친구들을 괴롭히고 짓궂게 굴던 아이가 동생의 기저귀 심부름을 가고, 엄마가 해준 갈비가 맛있었다고 적혀 있었다. 귀엽지 아니한가. 그때 처음으로 미움이 녹는다는 느낌을 받았다. 어쩌면 일기는 그 사람의 가장 투명한 물방울이 맺히는 모서리가 아닐까 싶어서.

지나온 시간이 훤히 보이는 하루의 문턱이 여기에 솟아 있으니, 잠깐 걸터앉아 누벼온 시간을 들여다본다. 나무말미에만 켜지는 풍경이므로, 일기는 잠깐 동안 영원함을 붙잡기에 좋은 겨를이다.

꽃 정기구독

기다림을 많이 심어둔 날에는 하루하루 기다렸던 것들이 도착하는 재미로 시간을 건너게 된다.

일상에서 기다림은 내게 중요한 신호다. 좋은 긴장감을 만들어주기도 하며, 기다림에 기대어 지루한 시간을 흘려보낼 수 있기 때문이다. 근래에는 팬데믹으로 인해 즐거운 약속들로 점철된 시간들이 하나씩 줄어들기 시작했고, 아무런 일과 없이 집으로 돌아가는 일들이 많아졌다.

사람들 사이에 만나는 일이 줄어들고, 새로운 시작을 축하하는 자리나 끝맺음을 기념하는 자리도 모두 온라인으로 대체되어 화훼농가가 어려워졌다는 뉴스를 접했다. 꽃을 주고받는다는 것이 사람과 사람의 일이었구나 그제야 실감하면서, 집에 있는 창백한 화분들을 바라보았다. 몇 달 전에 지하철역 상가 간이 매대에서 사온 튤립이 힘을 잃어가고 있었다.

그래서 꽃 정기구독을 시작했다. 한 달에 한 번, 화훼 농가가 지정한 농부가 수확한 꽃을 보내주는 방식이었다. 식물이 상자에 담겨온 적이 몇 번 있었고, 상자가 비좁아 이리저리 치였는지 화분에 담겨 있던 자갈들이 마구잡이로 흩어져 있었다. 그렇게 내게 온 식물이 풀이 죽어가서 애를 태웠지만, 그런 것을 감수하더라도 내게는 절박하게 기다림이 필요했으므로 꽃 구독을 취소하지 않았다.

구독으로 받은 꽃들은 다양했다. 농가 상황에 따라 예정된 꽃이 변경되는 일도 있었고, 지난해는 유난히 비가 많이 왔고 태풍도 잦았으므로 꽃이 약속한 날보다 늦게 온 적이 더러 있었다. 날씨에 그대로 영향을 받는 꽃이 아무런 노력 없이 문 앞에 도착해 있을 때마다 기분이 묘해졌다.

처음으로 받은 꽃은 '이클립스 해바라기'였다. 꽃이 도착하면 농부의 이름이 적혀 있는 명함과 꽃에 대한 설명이 담긴 엽서가 동봉되어 있었는데, 그것을 읽는 재미가 있었다. 이클립스 해바라기의 설명 중엔 이런 대목이 눈에 들어왔다.

"해바라기는 어린 시기에만 햇빛을 따라서 동서로 움직이며 꽃이 피고, 성장기가 지나면 몸을 돌리지 않는다고 합니다."

다 큰 해바라기의 결기 같은 것이 그려지는 문장이었다. 어린 해바라기는 굴광성으로 햇빛을 좇아 움직이고, 스스로 웅장해진 해바라기는 햇빛을 등지고는 몸을 돌리지 않는다는 것이 신기했다. 그 뒤로도 코스모스, 튤립, 스토크 등 다양한 꽃을 받아들었다. 상자 속에서 숨이 죽은 꽃을 시원한 물과 함께 꽂아두면 그것들은 며칠 동안은 향기를 내뿜으며 환하게 피어 있었다.

도처에 기다림을 심어두고는 그 기다림이 도착했을 때의 기쁨을 누리기 위해 많은 것을 쉽게 샀다. 그래서인지 집에는 언제나 많은 택배 상자가 쌓여 있었고, 조금 더 여유로울 때 그것들을 열어보겠다며 쌓아두기만 할 때가 많았다. 그중에 꽃이 있었다는 것도 까마득하게 잊고서.

며칠 뒤에 열어보았을 땐 이미 손쓸 수도 없이 망가져 있었다. 다른 물건도 아니고, 꽃이었기에. 꽃이 나의 기다림에 따라 도착해 있었지만, 그 뒤로 오랫동안 기다린 것은 내가 아닌 꽃이었을 것이기에 마음이 좋지 않았다. 시들어버린 꽃을 물에 꽂아두었지만, 꽃은 쉽사리 고개를 들지 않았다. 힘들게 산에 올라가서 들풀이라도 꺾어왔다면, 집에 오자마자 꽃병에 물을 담아 꽂아두었을 텐데. 너무나도 쉽게 온 것들을 너무나도 쉽게 다루고 있다는 생각이 머릿속에 계속 머물고 있어서, 꽃 구독을 그만두기로 했다. 준비가 되지 않았다는 생각이 죄책감처럼 고개를 돌렸다.

기다림으로 하루하루가 빨리 지나갔으면 하고 바라는 그 마음은, 애간장이 타는 일이다. 그 좋은 긴장감으로 하루하루를 건너면서 기다림의 결실을 만난다는 것은 내 생활에 꼭 필요한 것이었지만, 어느 순간부터인지 아주 간단하게 그 기다림을 해결했다. 며칠 지나면 시시해져버릴 것들, 꼭 필요한 게 아닌데도 그날의 기분이, 그날의 걱정이 사들인 것들. 집에 물건이 넘쳐나는데도 언제나 사고 싶은 것 없이 물건들을 검색했다. 단지 간단하게 열어볼 수 있는 기다림이 필요해서.

어느 날 한 선배가 잘 지내느냐고 연락을 해왔다. 내게 무슨 일이 있는 것 같아서 연락했다는데, 내가 도처에 기다릴 만한 것도 없이 무료하게 살아가고 있을 때였다. SNS에 그런 흔적을 남겼더니 걱정이 된 모양이었다. 늘 그렇듯 구차한 설명을 생략하기 위해 잘 지낸다고 대답했다. 선배도 잘 지내는지 예의상 물어보았고 선배는 요즘 산에 자주 오른다고 했다.

"나 걷는 거 싫어해서 택시만 탔던 거 알지? 요즘에는 휴대폰도 집에 두고 맨몸으로 산에 가. 가면 보인다? 좋은 것들이. 좋아 보이는 것들이. 너도 한번 가봐."

"갑자기요?"

자기 할 말만 하고 답장을 하지 않는 선배의 메시지를 계속 들여다보았다.

집에만 누워 있던 일요일, 몸이 축축 처진 채로 바닥에 달라붙으려고 해서 집 근처 산에 오르기로 했다. 숨이 차오를 무렵이면 다시 내리막길이 열리는 얕은 산이었다. 아무것도 들고 가지 않았다. 선배의 말처럼 맨몸이 되어보기로 했다. 몇 번이고 가본 코스였는데, 그날은 사진도 찍지 않고 귀에 이어폰도 꽂지 않은 채로였다. 산에 무성히 자라난 풀들이 부대끼는 소리, 숨어서 우는 짐승 소리,

새들의 날갯짓과 가벼운 아이들의 웃음소리, 사람들의 등산복이 부스럭거리는 소리…… 정말 많은 소리가 들려왔다. 좋아 보이는 것? 선배가 말한 그런 풍경은 없었다. 그저 아무것도 없으니 빨리 걷지 않게 되고, 서둘러 돌아가지 않게 될 뿐. 목적 없는 걷기의 심심함이 싫지 않았다.

집에 돌아오는 길, 문 닫은 한 공업사 철문 사이로 한 송이의 키 높은 해바라기가 서 있었다. 태어나 본 가장 큰 해바라기였다. 언젠가 꽃 구독을 하며 읽었던 해바라기 이야기를 떠올렸다. '다 큰 해바라기는 정말 햇빛을 향해 있지 않고 등을 지고 있을까?'

목이 무거워 보이는 해바라기가 고개를 숙이고 나를 보고 있었다.

그 장면을 어디에도 담을 수 없어서 고개를 빳빳이 들어 오랫동안 보았다.

헛헛한 마음을 위한 소비

내가 모자란다고 느끼는 날이면 어김없이 물건을 샀다. 미래를 할인해 앞당겨서 산 많은 물건이 집에 쌓여갔다. 언젠가 인터뷰에서 만난 정리정돈 전문가는 의뢰받은 집에 가면 항상 자신도 왜 샀는지 모르는 물건과 부대껴 사는 사람들을 만난다고 이야기한 적 있었는데, 내 이야기 같아서 멋쩍은 미소만 지었던 기억이 난다.

물건에 치여서 혹은 새것에 눈이 멀어서 모자람을 잠깐이라도 잊게 되는 시간이 지나면, 숨겨왔던 모자란 부분이 다시 벌어지곤 했다. 그럴 땐 많이 먹었다. 배고픔 없이 음식 앞에서 고꾸라졌다. 고장 난 로봇처럼 음식을 씹고 소화제를 먹거나 변기를 붙잡고 넘치는 것을 게워냈다. 채울수록 허전해지는 일은 내 생활에서 가장 오래된 멀미이기도 하다.

하루는 친구에게서 전화가 왔는데 반갑지 않았다. 그때 나는 아무것도 하는 것이 없었는데도 전화받을 여유가 없다는 것을 순간적으로 느꼈다. 여유라는 것, 누군가와 말을 섞고 대화를 나눌 수 있는 여력이 부족했을 때였다. 그럴 때가 허다했으니 부재중 전화는 자꾸 쌓여만 갔다. "내가 여유가 없어서 그랬어, 미안해" 하고 늦은 답장을 보내는 일도 많았다.

나눠줄 수 있는 게 없어서 핼러윈의 아이들을 모두 문전박대한 것만 같은 기분은 내가 소진되었다는 것을 알려주기에 충분했다. 어딘가가 분명하게 닳고 마모되어 없어지고 있다는 생각. 나의 희미해지는 부분은 너무 멀게 느껴졌고, 고장 접수는 많았지만 모두 장난 전화 같았다.

지금보다 훨씬 어리고 젊었을 땐 나를 소진시키기 위해 안간힘을 쓰곤 했었다. 나를 아낌없이 퍼주려고 했으니까. 원고료 한 푼 주지 않는 지면이라도 열심히 글을 써서 보냈고, 돈이 안 되는 일이라도 주체할 수 없이 넘쳐나는 에너지를 덜기 위해 바지런히 일을 벌였다. 무모함으로 팽창하기만 했던 20대에는 터져도 좋을 것만 같았다. 앞서 걱정하는 일보다 뒤돌아 후회하는 편이 낫다고 생각했기 때문일까. 아무것도 하지 않으면 꼭 죽은 것만 같아서 여기저기 머리부터 들이밀었다. 그때의 혼선이 좋았다. 어쨌거나 닿았다는 뜻이니까. 내가 쓸모 있는 곳이라면 어디든지 찾아갔다.

집에 햇빛이 잘 들지 않아서 선물받아 걸어둔 선 캐처는 할 일이 없었다. 가끔 불어오는 바람에 매달린 종을 흔들며 소리를 내거나 어두운 창문을 한 번 더 바라보게 했을 뿐. 다짐을 빌미로 일찌감치 샀던 2021년 다이어리를 2020년에 잃어버리고, 내년을 몽땅 잃어버린 기분으로 연말을 보내기도 했다.

생활은 나를 돌보는 자리가 분명했지만, 동시에 내게서 사라져가거나 무너지는 것도 공평하게 볼 수 있는 전망대이기도 했다. 이 작고 낮은 전망대에 올라서 혼자서 흔들리고 혼자서 균형을 잡았다. 중간은 없고, 언제나 모자라거나 넘치는 저울질 위에 있는 것과 다르지 않았다. 이제는 물건을 사려고 할 때 헛헛한 마음에서 비롯되었는지 금세 눈치를 챌 수 있다. 물건이 집에 도착하고 그것을 내가 어떻게 다루는지 상상해본다. 잠깐 기뻤다가 또다시 새로운 것에 밀려나 잊게 되는 상상을 하면, 관심을 다른 데로 돌리며 순간을 모면하곤 한다.

이제는 안다. 내가 원하는 것은 필요하지 않은 것으로 차고 넘치는 것이 아니라, 내 여분을 나의 모자람에 정확하게 두는 일이라는 것을. 허기를 느끼자마자 채우려고 하지 않게 되었다. 공복을 채우게 될 것은 순서대로 올 것이므로, 귀엽고 반짝이는 것들로 채워진 장바구니를 도로 비워냈다.

책으로 방공호 쌓기

서울에서 처음 살게 되었을 때 고작 다섯 권이었던 책은 이제 방 한 면을 가득 채우고도 모자랄 만큼 쌓여 있다.

택배로 대충 짐을 옮기는 게 가능했던 살림은 이제 포장이사 업체를 필요로 하는 규모로 불어났다. 얼마 전 이사를 했는데, 이삿짐센터 사장님이 35년 경력 중 만난 책이 가장 많은 집으로 손꼽아주셨다. 왠지 죄송하고 부끄러웠다. 읽은 책들뿐만 아니라 내가 만든 책, 내가 쓴 책, 내가 도움을 준 책, 도움을 받은 책 등 사람 관계처럼 책과의 인연도 깊어져갔다. 책으로 쌓은 탑을 핑계로 아무데도 나가지 않고도 즐거울 때가 있었다. 언젠가 사둔 책인지도 모르고 주문하게 되는 책과의 혼돈을 질서로 여기며 살아가고 있다.

책을 거들떠보지도 못한 채 하루를 끝마치는 날이면, 꼭 책 한두 권을 골라 침대로 가져갔다. 잠들기 전 침대 맡에 스탠드를 켜두고 책을 읽었다. 그때 가장 먼저 눈 감고 잠드는 것이 있었다면 아마도 나의 조급함이었을 테다. 아니면 독서를 하지 못했다는 죄책감이었을지도 모르겠다. 머리맡에는 다시 읽다 만 책들로 쌓이기 시작했고, 책으로 지은 벙커 속에서 나는 부스럭대며 자기 바빴다. 그때 책이 내게 가져다준 것은 안심이었을까.

지금 살고 있는 집으로 이사 올 때 가장 먼저 결심했던 것은 책이 있는 공간과 침실을 완벽하게 분리하는 것이었다. 책은 침대로 가져올 수 없다는 나만의 엄격한 규칙을 세웠고 침실에는 책이 있을 만한 가구나 여유를 아예 두지 않았다. 이른바 '노 페이퍼 존'을 세운 셈이다.(한 소설가가 이 방법을 추천해주어서 기억하고 있었다.)

지난 집에서는 침대를 분리형 책꽂이로 둘러 마치 책 방공호를 연상케 했었다. 자다가 뒤척이며 책 탑을 무너뜨리는 바람에 벌떡 일어날 때도 있었고, 애먼 책꽂이 구경을 하다가 밤을 새운 경우도 허다했으니 이제는 책과

각방을 쓰기로 한 것이었다. 덕분에 책 먼지로 가득한 방에서 잠들지 않아도 되었고, 책 다음 내용이 궁금해 잘 타이밍을 놓치지 않아도 되었으니 지난날보다 더 잘 잘 수 있게 되었다. 책과의 공존을 위해 선택한 일이었다.

독서를 고요하고 정적인 행동으로 여기지만, 실제로 책을 읽을 때 발생하는 내적 흥분은 오히려 심신 안정을 방해할 수도 있다고 한다. 그 이후로 잠들기 전에는 독서를 최대한 피하는 편이다. 독서 후에 갑자기 청소를 시작하거나 밀린 설거지를 하는 것, 컴퓨터 앞에 앉아 생각을 왈칵 쏟아내는 일들은 독서로 말미암은 내적 흥분을 가라앉히는 일과 다르지 않았다.

책은 좋은 혼돈을 야기한다. 그 혼돈 속에서 책이 우리의 사유를 스치며 만드는 상처를 간직한 채 문장 사이를 헤매는 것이 독자가 누릴 수 있는 순수한 기쁨일 것이고, 그것을 오롯이 누리기 위해 내적 흥분을 가라앉힐 수 있는 생활 속 시간을 마련한다. 책 덕분에 살림이 좀 더 단정해졌을지도 모르는 일이다.

피치 못하게 읽어야 할 책이 있다면 침대로 가져오기

도 한다. 규칙을 어기는 행동인데, 대신 책은 반드시 제자리에 갖다 놓는다. 한두 권 갖다 놓으면서 책에게 내 수면의 정원을 뛰어놀도록 내버려두지 않는다. 사실 이건 꽤 귀찮은 일이다. 종이 한 장 허락하지 않는 침실을 지키는 일은. 그러나 그 생활 이후로 질 좋은 수면을 가지게 되었다. 책을 마주하는 순간이 더 간절해지기도 했다. 책에서 빠져나올 시간을 마련해주는 일은 내가 나 스스로에게만 할 수 있는 일이었으므로 번거롭더라도 그 규칙을 아직까지 잘 지켜오고 있다.

　물리적으로 책이 없는 침실을 바라보는 것은 오로지 잠의 곁에서 충성할 준비가 되어 있는 것 같아 가뿐하다. 반대로 오로지 책을 위한 공간에 가면 박물관에 온 것처럼 고요히 흥분하게 된다. 이 교묘하고도 미묘하게 생긴 교차로를 건너면서 좋아하는 것으로부터 좋아하는 것으로 향하는 일을 배웠다. 떨어져 있으니 더 애틋하게 되었고 더 귀중해지게 되었다. 이 규칙을 통해 꿈이 되는 일과 꿈을 꾸는 일을 분별하기 시작한 것인지도 모른다.

계절 실책

사계절을 귀찮아했던 사람이 여기 있다. 계절이 바뀔 무렵 옷 정리를 할 때마다 1년 내내 여름이면 좋겠다고 생각한 사람이. 그것은 넉넉한 옷장이 없는 자취생의 개인적인 고충일지도 모르겠지만. 종종 계절에는 무심했다. 안부로 시작하는 메일을 적을 땐 날씨 이야기를 하곤 했지만, 그것은 관습적인 것이었다. 계절이 갈음하는 어떤 시간보다는, 숫자로 굴러가는 시간이 더 중요했다.

계절마다 이불을 바꾸고, 그 계절에 어울리는 음악을 찾아 듣고, 그 계절에 생각나는 시집을 읽고, 그 계절에만 먹을 수 있는 과일을 사먹기로 한 지 얼마 지나지 않았다. 계절에 무감했던 나는 시간에 재미를 붙이고 싶어서 그 계절을 알아가기로 했다.

첫눈, 첫 붕어빵, 첫 수박, 첫 카디건, 첫 패딩, 첫 딸기. 계절을 실감하며 그해 처음으로 마주하게 된 것을 먼저 기록하기로 했다. 계절은 시간의 변속기라서, 계절을 모르고 지나는 사람은 때때로 느려지거나 급해진다. 계절을 실감하고 예감하면서 생활의 태엽을 감는 사람이 되고 싶었던 것인지도 모른다. 뒤늦게 알아차리거나 너무 일찍 깨달으면 그 계절은 유난히 길고 혹독했으니까. 날씨며, 음식이며, 옷이며, 꽃이며 할 것 없이 그해 내게로 도착한 계절을 두 팔 벌려 마중해야겠다고 다짐했다.

유독 여름에 애착이 커서, 여름에는 더없이 분주해진다. 더위를 사랑할 수는 없을 것이다. 대신에 날씨를 견디거나 대처하는 생활의 지혜를 갖는 것이 좋다. 여름을 좋아하게 된 것은 얼음을 가득 띄운 화채를 입가에 묻히며 먹다가 문득 그렇게 된 것일 수도 있고, 태국 사람들에게서 도무지 더워서 찡그리는 표정을 볼 수 없을 때 알게 된 온화함일 수도 있고, 바다라는 공간을 시간으로 기억할 수 있기 때문인지도 모르겠다. 그래서 한겨울에도 여름을 생각한다. 시집 《휴가저택》도 어느 해 한겨울 내내 무언가를 녹이는 마음으로 쓴 여름 시집이기도 하다.

여름이 오면 부지런히 얼음을 얼린다. 얼음 하나를 입에 가득 물고 천천히 시간을 음미하기도 한다. 뜨거운 차를 마시며 흘러가는 겨울과는 다른 양상으로, 맹물의 맛으로 여름을 먹는다. 매실에이드를 유리컵에 담고서 컵 표면에 흐르는 물기를 닦으며 또 다른 차원의 여름이 흐르는 영화를 보거나 책 읽는 것을 좋아한다. 늘 젖은 손이기 때문에 페이지를 넘길 때 수월하다. 열어둔 창문으로 잠깐 시원한 바람이 불 때의 인기척, 매미 소리의 리듬, 굳게 닫혀 있던 모든 문을 열고 문턱에게도 쉼을 선사하는 여름의 시간을 활기라고 여기며 살아왔다.

달래를 잘게 썰어 양념장을 만들면 비빔밥으로 먹을 수 있다. 봄에는 꼭 그렇게 한다. 환절기만 되면 버스나 지하철에는 옷장 냄새가 난다. 사람들의 외투에 구김이 많고 보풀도 쉽게 볼 수 있다. 계절을 갈아입는다는 것이 단지 옷차림만을 말하는 것은 아니다. 봄이나 가을을 타는 사람들, 여름에 유독 활기가 넘치거나 주눅 드는 사람들, 겨울이면 어딘가에 기나긴 잠을 두고 오는 사람들 모두 각자의 방식으로 계절을 만난다. 그런 흔적을 누군가의 노래에서, 영화에서, 일상에서 볼 수 있는 일은 계절의 질서가 되어가는 것이니 보기 좋은 풍경이다. 그런 것을 볼 때면 뜻밖의 위안이 되기도 한다. 함께 질서를 이루며 혼자라는 얼룩을 잠깐 지워볼 수도 있게 된다.

바람에 흔들리는 산수유를 보면서 봄이 왔구나, 하고 말하는 사람을 나는 봄이라고 생각했다. 발가락 사이사이로 밀려드는 따뜻한 파도를 꼼지락거리며 여름이라 하였고, 단풍놀이에 다녀온 엄마의 사진을 전해받았을 땐 늦게나마 가을을, 학교 가는 아이의 옷소매 사이로 삐죽 튀어나온 민트색 내복을 보면 기나긴 혹한기를 예감했다. 사계절의 트랙을 뛰는 흰 운동화도 때에 맞게 발을 굴렀고, 모두가 땀 흘리기에 좋은 계절이 있었다.

그렇다면 나는 이 계절의 어떤 눈금으로 새겨질 수 있을까. 그런 설렘을 갖고 다가오는 달력 속 절기를 기다리게 되었다.

내 우울을 나도 모르게 하는 것

견딘다는 말을 입버릇처럼 하기 시작한 것은, 하기 싫어도 해야 하는 일이 생기고 나서부터일 것이다. 생활은 하고 싶은 것만 하면서 살 수 없다는 것을 내게 일러주었다. 손이 닿지 않으면, 손이 닿지 않는 대로 티가 나는 생활의 정직함은 종종 나를 부지런하게 만들었다. 계절이 바뀔 무렵 옷 정리를 하거나, 창고의 짐들을 꺼내어 묵은 먼지를 털어낼 때, 유통기한을 넘길 듯한 재료를 꺼내어 서둘러 음식을 만들어 먹는 일이 그랬다.

혼자서 무거운 가구를 옮기다가 화분이라도 넘어트리거나, 발등이라도 찍는 순간에는 '혼자서 뭐하는 짓이지?' 하고 잠깐 후회해보기도 한다. 혼자서 열심히 하는 생활, 누가 알아봐주는 것이 아니라 내가 끄덕일 수 있는 그런 생활을 조용히 살아내는 것이다. 내가 삶을 견디듯이, 생활도 나를 견디는 것만 같았고 그럴 때마다 다자이 오사무의 말을 떠올리곤 했다.

"생활이란 쓸쓸함을 견디는 것입니다."

— 다자이 오사무, 《나의 소소한 일상》

하루는 예정에 없던 레몬을 한 바구니 사들고 집에 돌아왔다. 마트에서 본 노란빛의 레몬이 너무 예뻐 보였기 때문이다. 그런데 막상 레몬으로 무엇을 해야 할지 몰라 난감했다. 어디선가 본 적 있는, 먹어본 적 있는 레몬청을 떠올리며 일단 싱크대 앞에 서서 레몬을 박박 씻었다. 이번 주말에는 아무것도 하지 말자고 스스로 다짐했던 게 머쓱해지는 순간이었다.

물기를 머금고 반짝이던 레몬은 쌓여갔다. 마음대로 간격을 나눠 썰었다. 씨앗을 빼고, 유리병에 차곡차곡 담았다. 설탕을 듬뿍 넣으며 뭐라도 되겠지 하는 무모하고도 조심스러운 심정으로 서툰 레몬 다루기가 끝날 무렵엔 저녁 먹을 때도 지난 어둑한 밤이 되어가고 있었다. 유리병의 투명함 속에서 레몬은 고운 빛깔을 잃지 않고 있었다.

"그래, 이것이 바로 우울의 빛깔이다!"

종종 생활의 쓸쓸함을 우울로 만나게 될 경우, 나는 더없이 부지런해졌다. 알 수 없는 기분을 떨쳐내고 싶어서였는지 모른다. 밖에서라면 길 잃은 이 우울함을 요목조목 따지면서 원인을 찾았을 텐데, 도통 집에서만 느끼는 이 우울은 알 수가 없어서 자주 난감했다. 하지만 서서히 익숙해지기 시작했다.

갑자기 냉장고 청소를 하거나 욕실 타일을 닦고, 손이 많이 가는 가사 노동을 애써 하는 자리마다 우울한 내가 주저앉아 있었다. 요리도 마찬가지였다. 은근히 손이 많이 가는 김밥을 골라 열심히 말았다. 김밥을 잔뜩 말아서 점심에도 먹고, 저녁에도 먹고, 그다음 날 아침에도 먹었다. 김밥이 물릴 때까지. 무언가를 집요하게 해내고 나면 우울도 기운이 없어 보였다. 내게 덤빌 수 없다는 듯이 희미하게 일렁이다가 이내 사라지고야 말았다. 이런 게 가정식 우울일까.

나를 잠깐 흔들고 지나가는 이 경미한 우울을 위해서 집 안 곳곳을 누볐다. 슬픔을 가로질렀고, 슬픔에 순서를 잃었던 살림을 바로 고치는 데 시간을 썼다. 우울이 아무 것도 하지 않는 쓸쓸함에서 온다는 것을 알게 되었을 땐, 이제 어쩔 수 없다는 생각이 들기도 했다. 나에게 할 일을 부러 주고, 지쳐서는 어떤 일도 총명하게 해내지 못할 때 증상이 나았다고 착각하기를 반복했다. 그때 나는 그 방법밖에 알지 못했다.

우울이 찾아왔을 때의 증상은 엇비슷하나 이유는 굉장히 다양하다. 하나의 증상으로 단정 지어 말할 수 있는 것이 아니다. 우울증 때문에 병원에 다니는 사람도, 약을 처방받는 사람도, 더 슬프고 비극적인 이야기를 찾아 책을 읽는 사람도, 무기력하게 자신을 잠그며 살아가는 사람도 각자 다른 우울을 지니고 있으며 그것은 그 사람의 인생 전반에 걸쳐, 여러 순간이 모여 생긴 것일 테다.

생산적이어야 한다는 강박에 사로잡히곤 했다. 무언가 작은 결실이라도 만들지 않으면 시간을 허투루 보낸다는 죄책감에 시달렸다. 나는 깔끔한 사람이 아니고, 정리 정돈을 잘하는 사람은 더더욱 아니지만, 가끔 소스라치게 놀랄 정도로 집이 잘 정돈되어 있거나 몰라보게 깔끔해져 있으면 내게 찾아들었던 가정식 우울을 생각한다. 나는 우울이 시키는 심부름꾼이 되어 나의 얼룩을 지우고 닦아내며 내가 머물렀던 자리를 온전히 흐느낀다.

　우울하다는 나의 상태가 누구에게도 말할 수 없을 만큼 하찮거나 부끄러운 적도 많았지만, 이렇게라도 스스로의 우울에 응답할 수 있게 되었다. 기분은 날씨처럼 드리웠고 나는 그에 맞게 대처했다. 어떤 일이 우울을 잠재우거나 혹은 더 사납게 만들지는 알 수 없었지만 아무것도 하지 않은 채로 지나가기만을 바라진 않게 되었다. 냉장고엔 막 만들어낸 밑반찬, 완벽하게 채워져 있는 휴지나 키친타월 같은 소모품들, 각 잡혀 정리된 현관문 신발들과 연례행사처럼 깨끗해진 창틀, 잘 개켜져 있는 속옷과 양말, 날씨도 모르고 흐린 날에 내놓은 이불 빨래…….

　물 묻은 손을 바지춤 아무 데나 닦고는 또 할 것이 없나 두리번거리는 나의 가정식 우울은 나의 쓸쓸함을 조금씩 먹어 치웠다.

빈티지 옷 쇼핑

내가 샀던 빈티지 옷 몇 가지는 독특한 이력을 가지고 있다.

먼저, 하늘색 반팔 셔츠. 이것은 미국 소재지 한 자동차 공업소 유니폼이다. 이름표로 보이는 패치를 브랜드 마크라고 오해했던 나는, '세자르Cesar'라고 적힌 이름이 그곳에서 일한 사람의 이름이라는 것을 뒤늦게 알게 되었다. 또 하나는 미국 메사추세츠 주에서 열린 작은 마라톤 대회 기념 티셔츠였고, 마지막은 캐나다 선거 독려 운동에 쓰인 빨간색 반팔 티셔츠다.

옷 가게를 했던 엄마는 일주일에 한 번꼴로 동대문 시

장에서 옷을 짊어지고 왔다. 그때마다 꼭 내 옷이 한두 벌 정도 들어 있었는데, 엄마가 사주는 화려하고 근사한 옷을 입고 수학여행이나 소풍을 가게 되면 항상 아이들의 주목을 받았다.

취향도 스타일도 없었던 나는 대학교에 진학하면서부터 옷을 골라 입는 재주(저주)를 넘기 시작했다. 옷은 사계절을 막론하고 불어났다. 금방 입고 버리게 되는 옷들 천지였다. 쇼핑몰 메인화면에서 막 튀어나온 것 같은, 조금은 엉성하고 조악한 옷들을 즐겨 입었다. 같은 옷을 하루라도 더 입는 것이 따분하고 지루해서, 새로운 옷을 자주 입기 위해서 오히려 오래 입을 수 없을 것 같은 옷을 고르기도 했다.

넉넉한 옷장은 없고, 옷은 산더미처럼 불어났으므로 우리 집 옷장에는 여름옷과 겨울옷을 서로 교환해야 하는 불가피한 시간이 찾아온다. 그때마다 '옷을 그만 사야지, 몸뚱어리는 고작 하나인데' 하는 멍청한 반성을 잠깐 하고는 미련 없이 옷을 버리게 된다. 입지 않는 옷이 늘어만 갔다. 대부분 내가 좋아하고 자주 입는 옷들은 최근에 산 옷들이기 때문이다.

언제부터인가 빈티지 옷들을 사기 시작했다. 일단 저렴했고, 종류가 다양했다. 질리지 않게 자주 입을 수 있었고, 디자인이 유니크했다. 유행하는 옷을 입고 나가서는 같은 옷을 입은 사람과 한 장면에 놓여 있을 때의 아찔함, 알 수 없는 패배감 같은 것을 빈티지 옷은 자주 비껴 나가게 해주었다. 물론 좋은 점만 있는 것은 아니었다. 절반은 입지도 못하고 버려야 하는 실패를 겪게 되었다. 사이즈가 맞지 않거나, 치명적인 결함을 발견하기 때문이다. 늘 새로운 옷을 입고 싶은 나에게 빈티지 옷은 많은 충족감과 동시에 실패감을 선사했다.

주변 사람들은 누군가 입던 옷을 다시 입는 것을 찜찜하거나 불쾌한 일이라고 생각하는 경우가 많았다. 빈티지 청재킷을 샀는데 무심코 찔러 넣은 호주머니 속에 월마트 영수증 같은 게 나온다면 어떨까? 어디에서 온 것인지 알 수 없는 옷을 복불복으로 입으며, 자고로 옷에는 영혼이 깃든다는 무성한 미신 같은 것을 간추려보는 시간이 찾아오기도 한다. 하지만 매일 똑같은 옷을 입는 단벌 신사의 느긋한 마음을 애초에 포기했기 때문에, 용납해온 것이다. 옛날 옷들이라 대부분 무겁고 편하지는 않지만, 그때마다 나의 새로운 기분을 입혀주는 것만 같았다.

언젠가 돌아온 옷장 정리의 시간. 옷에 파묻혀 입지도 않고 걸어두기만 한 빈티지 옷들을 세어보다가 그만 지치고 말았다. 그때마다 새로운 기분을 입고 싶은 마음에 이토록 싸고 허름한, 심지어 사이즈도 맞지 않아 걸어두기만 한 옷을 매번 구매했다는 사실이 내 마네킹을 오싹하게 만들었다. 내 욕심을 합리화했던 것도 한몫했다. 빈티지 옷을 구매하는 것이 재활용이기 때문에, 환경보호에도 도움이 되지 않을까 하는 생각도 해봤지만, 이렇게 쉽게 다시 버려지고 만다면 아무런 의미가 없겠다는 후회도 급격히 밀려왔다.

지인 중에는 물건 하나를 오래 쓰고, 진득하게 살아가는 사람들도 있다. 우리는 서로를 잘 이해하지는 못한다. 그런데 요즘의 나는 생각이 조금 바뀌었는지 그들이 존경스럽기도 하고, 자기 절제로 소중한 것을 선별해가는 그들의 생활을 볼 때마다 내 어지러운 생활이 아득해지기도 했다.

새로운 물건이 새로운 기분을 선사한다는 착각에서 벗어나기로 생각하면서부터는, 빈티지 옷을 사는 일이 줄어들었다. 아직도 온라인 장바구니는 차고 넘친다. 그 사이 누군가가 벌써 사버려 품절로 뜰 땐 좌불안석이 되기도 하지만.

기분이 어딘가에 부딪혀 닳아 없어질 지경이 되면, 언제나 새로운 옷을 입혀주곤 했다. 마치 부끄러운 곳을 새것으로 가려주듯이. 그 옷이 질리면 또 새로운 옷으로 고쳐 입고, 또 새로운 옷을 기워 입으면서 헐벗은 나의 구석을 가볍고 쉽게 만회했다. 만회했다고 생각했었는데, 그만큼 버려지는 것이 더 많았고, 외면했던 것을 단숨에 다시 마주해야 하는 시간도 찾아왔다. 소중하게 생각하는 것이 희미해져 갈 때마다 내가 가지고 있는 것들을 둘러보기로 했다. 내가 많이 묻어나는 것들, 내 시간의 범주 안에서 빈티지가 되어가는 것들. 찾아보기가 힘들었다. 너무 많은 새것들 혹은 새로운 것들만 남겨진다면 익숙함에 기대어 서 있을 수가 없을 것만 같았다. 새로움이 주는 그 잠깐의 기쁨 대신에 고리타분한 내 것을 더 고쳐주고 돌보며 내게서 지속되는 오래된 마음과 닮은 것들을 갖기로 결심했다.

사람을 만나는 일도 엇비슷하다. 새로운 사람들에게 열렬히 호기심을 가지던 때가 있었다. 반대로 오래 알아온 사람들을 지겨워하면서. 누군가를 새롭게 알아간다는 사실은 꽤나 흥미로웠지만 말하지 않아도 알아차리고, 묵묵함으로 관계를 채우는 지혜는 새로운 사람에게는 없었다. 그 사람을 알고 싶어서 온갖 질문을 떠올리다가 제풀에 꺾이는 날이면, 낯선 상황에서 다치게 된 나를 돌보지 않았다는 자책을 하기도 했다. 그렇게 내게로 와서 오래 머문 것들에게는 눈길을 잘 주지 않았다는 것을, 내게로 와서 아무도 모르게 나의 일부가 되어버린 것들이 있다는 것을. 그것들에게 존경심을 지니며 익숙한 것의 아름다움이 결코 새로운 것의 아름다움과 교환될 수 없다는 것을 알게 되었는지도 모른다.

　　텅 비어 있는 옷걸이들은 새로운 옷을 기다리는 것이 아니라, 지금 내가 입고 있는 목이 늘어난 티셔츠, 이미 입었던 옷들을 다시 새롭게 입는 마음 그 자체를 기다리고 있는 것이라고.

사랑을 멀리하는 버릇

사랑이 우리에게 주는 혼란은, 우리를 다시 정확하게 데려다놓기 위한 일종의 유인이다.

　시를 처음 쓰기 시작했을 때부터 '사랑'이라는 단어를 시에 쓰지 않았다. 관념어라서 쓰지 않은 것도 있었지만 잘 몰라서였다. 최근에는 사랑이라는 단어를 시에 쓰기 시작했다. 오발탄처럼 마구 쏘아대는 느낌에 불과하더라도, 잘 알고 싶은 마음 때문이다. 알고 싶게 만드니까 사랑이겠지, 하고는 알 수 없는 상태에 휩싸이는 것. 그것이 때로는 무척 곤혹스럽고, 아주 부드러우며, 나를 뒤흔든다.

사랑의 맥락 속에는 언제나 둘 혹은 그 이상의 시선이 지나간다. 엇갈려 마주치는 점에서 우리는 출발했고, 슬퍼하기 전에 대부분의 사랑은 방목된 우리의 울타리를 더 넓게 세운다. 슬퍼한 뒤에는 그 넓이만큼의 이해로 재구성을 해야 하지만 궁금증이 고갈되는 동안 사랑도 함께 식어간다. 사이좋게.

　　서로의 식어버린 이마를 짚어주면서 우리는 계속해야 할지 멈춰야 할지 고민하게 된다. 2인분의 밥을 볶다가 한 그릇만 덜어 먹는 일, 함께 가던 카페에 더 이상 갈 수 없게 되는 일, 우리만 아는 유머를 오래된 유행가처럼 기억하는 일, 미래에 흩뿌려둔 약속들을 스스로 거두는 일까지. 사랑이 끝난 뒤에 우리는 오히려 더 복잡하고 바빠진다.

　　누군가를 열렬히 사랑하는 자신의 모습까지도 사랑하게 만드는 건 사랑이 우리에게 보여주는 이상한 힘이다. 우리는 사랑 앞에서 종종 어리석어진다. 자신의 약점을 반복하기 때문이다. 그 반복으로부터 약점을 완벽하게 약점으로 이해하게 만드는 것이 사랑의 숙제였던 것 같다.

　　시에서는 사랑을 대신할 말이나 이미지를 찾았던 것

같다. 구체적일수록 생생해지는 말이기도 하니까. 그래서 사랑이라는 말을 멀리하고 기피했다. 사랑 앞에서 자주 말문이 막히곤 했던 나는 시에서뿐만 아니라 일상에서도 사랑에 대해 이야기하는 것을 망설였다. 한 번도 돌이켜본 적도 없고, 남겨진 것을 마주할 자신이 없었다. 이 얄궂고 얄팍한 사랑이, 언제나 끝난 뒤에 내게 의미를 청구하듯이 온다는 것도 잘 알고 있었으므로 사랑하는 순간에도 사랑을 몰랐다. 멀리하는 편이 더 편했다.

시야에서 사라질 때까지 떠나는 이를 지켜봐주는 사람, 먼저 전화를 끊기 싫어하는 사람, 잡화점의 고양이 열쇠고리가 갖고 싶었던 것을 기억하고 선물로 내미는 사람, 빼곡하게 편지를 쓰는 사람, 틀린 글자를 검게 칠하고 그 위에 그림을 그리는 사람…… 모두 사랑하는 사람들이다. 나는 그런 사람이 되어본 적도 있고, 그런 사람을 만나본 적도 있다. 잠깐의 시간을 영원할 것처럼 사귀는 장면 속에도 머무른 적 있다.

사랑은 우리를 온순하게 만들면서, 동시에 균열이 생기는 순간 그것을 지키기 위해 우왕좌왕하게 만들기도 한다. 서로의 무게를 견디는 어려운 형국으로 초대하기도 하고, 서로의 약점을 쥐고 싸우게 만든다. 그것이 사랑의 진면모를 보여주는 대목이라면 사랑은 너무 비대하고, 요약할 수가 없다. 그래서 사랑을 멀리하고 싶었다.

시에서 사랑에 대해 이야기할 때마다 실패를 기록하는 사람이 된다. 화자는 남겨진 사람이거나 떠나온 사람이다. 사랑의 퇴장을 오롯이 지켜보는 사람이다. 사랑 앞에서 속수무책으로 무너지는 사람이다. 그래서 나는 시에서 실패한 사랑에 대해 기록한다. 꼼꼼하고 구체적으로. 그것이 슬픔으로 휘발되지 않았으면 하는 마음에서다. 끝난 뒤에야 비로소 시작할 수 있는 것들을 위해서. 사랑에 대해 말하기를 주저하지 않아야겠다는 용기를 머금는다. 뒷모습이 더 어울렸던 내 사랑을 불러 세워 인사를 하고 싶어서.

미워하는 나를 미워하기

내가 다녔던 대학교 학술관에는 '학교를 빛낸 인물'로 가수 심수봉의 사진이 걸려 있었다. 그때부터 종종 생각이 날 때마다 심수봉의 노래를 찾아 들었다. 〈백만 송이 장미〉의 '미워하는 미워하는 미워하는 마음 없이'라는 가사는 마치 언덕 위로 부는 바람이 백만 송이 장미를 흔드는 이미지로 떠올랐다. 이 노래에 심취했던 것은 아마도 '미워하는 마음' 때문이었으리라.

종종 누군가를 미워하고 있다는 사실을 자각할 때마다 그게 끔찍하게도 싫었다. 누군가를 미워하는 일에 이토록 많은 마음을 기울이고 있다는 것도. 마음을 좀먹어가는 일이었다.

미움이 나의 내핍된 마음이나 약점에서 걸어나온다는

것을 너무나도 잘 알고 있었지만, 멈출 수가 없었다. 그 괴로움이 계속될 때마다 나는 미워하는 사람보다, 누군가를 미워하고 있는 나 자신을 겨냥하기 시작했다.

미워하는 마음 없이 살아갈 수 있을까?

자신이 없었다. 그러니까 이 미움을 가득 쥐고 있을 때 누군가에게 들키지는 말아야겠다고 도리어 다른 다짐을 했다. 마음을 고쳐먹을 수 있도록 나 자신을 계속 채근하고, 고작 이것밖에 안 되느냐고 나무랐지만 그것은 어쩔 수 없이 숭고한 마음이었다. 감정에 솔직하다는 뜻이기도 했으므로 나는 질문을 바꿔 반문하기 시작했다. 그렇다면 나는 누군가를 미워할 자격이 있는 사람인가? 그 질문으로부터 접촉 사고가 난 것처럼 생겨난 잠깐의 미워하는 마음들을 처리하기 시작했다. 대부분은 애정 없이 미워하기만 하는 순간적인 일이었으므로 추스르는 게 어렵지 않았다. 정말 애정을 가지고 미워하는 일까지 미워할 수 없겠다는 전망도 하면서 일그러진 마음에 생긴 주름을 어루만졌다.

여행지에서 불미스러운 일을 겪고 나면, 남은 시간 내

내 미워하는 마음이 부풀어 올랐다. 기분 좋은 여행을 꿈꾸다가 내 지갑을 노리는 호객 행위나 말도 안 되는 억지로 돈을 뜯어내려는 현지인들을 만난 후의 일이었다. 당하고 난 뒤 분하고 억울한 마음이 들면 그곳의 좋은 풍경과 분위기는 고사하고 내내 미워하는 마음을 품다 돌아와야 했다. 그때 알았다. 내가 무언가를 원망하기 시작하면, 감지할 수 있는 좋은 것들을 쉽게 지나치고 결국 후회하게 된다는 것을. 그때의 경험으로부터 누군가를 미워하는 마음을 오래 간직해서는 안 되겠다고 생각했다.

자기혐오에 빠진 사람들과 어울리던 때가 있었다. 그들은 스스로를 미워하느라 누군가를 미워할 힘도 남아 있지 않은 사람들이었다. 매일 같이 살아 있음을 부정하느라 나쁜 생각을 연쇄적으로 하는 사람들, 스스로를 괴롭히지 않으면 견딜 수 없는 사람들, 자신을 옭아매면서도 어두운 마음만큼은 남에게 드리우고 싶지 않은 사람들이었다. 그때의 나는 자의식이 뻣뻣할 정도로 팽창해 있었고, 그들에게 위로의 말을 서슴없이 해대는 사람이었다. 그들을 한 톨도 이해하지 못한 채로 건넨 위로가 진심이었을 리 없지만, 그때는 알지 못했다.

스스로가 적으로 느껴진다는 것은, 내가 나의 적수가 되지 못할 만큼 약해져 있다는 뜻이기도 했다. 종종 그때의 사람들을 이해하거나 헤아릴 때면 나는 나와 겨루는 상황을 그만두기 위해 내팽개치고는 다른 곳에 시선을 옮기거나 생각을 중단했다.

이제 나는 나를 미워하는 일을 건성으로 하기로 결심했다. 반대로 언젠가 내게 모진 말을 했던 사람, 오해와 의심으로 나를 대했던 사람, 나를 떠나간 사람을 미워할 수 있다는 것도 인정하기 시작했다. 누군가를 미워하는 마음을 내게로 돌리면서 갈등을 회피해온 것은 아니었을까, 하는 생각이 들어서였다. 미워하는 마음을 품는 것. 그것을 너무 자책하거나 책망하지 않기로 했을 때부터 나는 나를 조금씩 용서할 수 있었다.

삶의 방지턱 놓기

요즘에는 삶의 대부분을, 나쁜 일이 일어나지 않도록 단속하는 일로 살아가는 듯하다. 무언가를 방지하는 입장에 서서 오지도 않을 일을 미리 걱정하는 것이다. 슬픔 방지, 위험 방지, 도난 방지, 재난 방지, 자살 방지, 철가루 방지, 충돌 방지⋯⋯. 지켜내려고 할수록 다가오는 것의 크기는 더 크게 느껴진다.

한 친구가 갑자기 눈물을 터뜨린 친구를 옷방에 데려다주고는, 문을 닫고 나오며 한 말이 있다. "다 울고 나와." 나는 그 말이 이상하게 들렸다. 티슈 뽑는 소리, 훌쩍거리던 소리가 그치자 친구는 조심스레 문을 열고 들어가 또 물었다. "다 울었어?" 자신의 방지턱이 허물어지자 순식간에 무너진 친구는, 다 울고 나왔다면서 개운한 얼굴을 하고 앉았다. 친구에게 다시 또 뭔가가 시작될 것 같았는지 우리는 먹던 감자칩을 들이밀었다. 그 반짝거리고 부스럭거리는 과자 봉지 속으로 울던 친구의 가냘픈 손목이 들어갈 때 나는 어떤 반짝임이 끝나는 것을 느꼈다.

추상적이고도 막연한 준비를 하는 삶은, 시작도 끝도 기약 없이 끌어안아야만 한다. 예상치 못했던 일, 그런 것이 삶에 빈번하게 일어나서는 잘 지켜온 것을 들쑤시기도 한다. 그때 생겨난 구멍을 끌어안으며 살아가다 보면 그 구멍이 더는 커지지 않기를 바라며 애쓰게 된다. 방지할 것이 많은 삶이란, 이미 경험한 뒤에 다짐하게 된 일들일 것이다.

그런 의미에서 일기는 내 구멍에 대한 관찰이다.

무언가가 되려고 노력했던 20대의 일기와 다르게 30대의 일기는 무언가가 되지 않으려고 노력하는 내용으로 도배가 되어 있었다.

매운 것을 잘 먹는 사람이 되고 싶다, 한 번쯤 과음하고 필름이 끊기는 기분을 느끼고 싶다, 누군가를 잘 품어주는 넓

은 사람이 되고 싶다, 지혜로운 사람이 되어야지

속 좁은 사람이 되지 말아야지, 빈말로 안부를 전하지 말아야지, 내 슬픔을 모르는 척하진 말아야지, 카페인을 줄여서 맹물의 참맛을 알아야지, 희망을 촌스럽게 말하지 말아야지, 쇼핑을 그만 해야지, 할 수 없는 건 못한다고 말해야지

끝난 적 없이 끝나길 바라기만 하는 일들이 영영 내 안에 살아가게 된다는 것은, 주인 없는 무덤을 지나는 일이다. 공원 입구에, 산책로 주변에, 의아해하면서 어딘가 모르게 겸연쩍은 얼굴을 하고 싶지 않아서, 제 무덤인지 파헤쳐보는 어둠과 구덩이를 닮은 시간 속에서 나는 무엇을 있는 힘껏 막아내고 있었을까. 끝나지 않는 것을 방지하고 있어. 끝날 때 모두가 고개 숙여 인사를 하고 끝났음을 알리는 쓸쓸함을 나눠 갖고 싶어, 하고는 말할 수 있을까? 이것 참 희망 사항 같은 일.

타이레놀 먹기

긴장하고 있어야 하는 일들이 끝나면 피로나 통증이 뒤늦게 찾아왔다. 치과에서 진료를 받고 난 뒤, 낭독회나 강연이 끝난 뒤, 주말을 앞둔 금요일 밤이 되면 정작 나는 몰랐던, 움츠렸던 시간이 몸으로 찾아왔다. 그럴 때마다 서랍 속에 상비해 있는 타이레놀을 꺼내먹었다. 통증을 줄여 다음 장면으로 서둘러 가기 위해서였다.

늘 바쁘고 긴장한 상태로 살아가다 보니, 쉬어야 할 때를 놓치거나 잊었다. 타이레놀이 몸과 마음을 놓고 이완할 겨를을 주지 않았다. 그게 편했다.

진통제 몇 알로 잠깐 고통을 지울 수 있는 일이 편리하고 신속했다. 회사에서 서랍 정리를 하다가, 사탕처럼 까먹은 타이레놀 포장재가 수두룩하게 쌓여 있는 것을 보고 내가 건너온 까마득한 시간을 떠올리기도 했다. 바스락거리는 약 상자를 조심스럽게 버리면서 진통제에게 내어준 내 이완의 시간을 생각했다. 진통제를 찾는 대신 발코니의 해먹에 누워 햇빛과 새소리를 들으며 머리를 맑게 했던 태국 어느 여행지의 시간처럼.

"어떻게 쉬는 거였더라?"

그렇게 바보처럼 되묻게 되는 것이다. 침대에 누워 휴대폰을 보거나 TV를 보는 것? 친구와 정신없이 수다를 떠는 것? 한산한 여행지에서 시간을 보내는 것? 따뜻한 물이 담긴 욕조에 앉아 좋아하는 음악을 듣는 것? 무엇이 좋았더라? 수많은 선택지를 나열하고서는 불 꺼진 방 안에 앉아 휴식에 대해 생각했다.

육체와 정신의 저글링 속에서 어느 것 하나 내려놓지 않으면 휴식이 될 수 없다. 그렇기 때문에 절반은 휴식하고 있다는 착각에 빠지게 되는 것이고, 반절은 각성 상태로 긴장의 끈을 놓지 못한 채로 휴식의 효율을 방해한다. 결국 잘 쉬지 못한 날에 찾아오는 신체의 불편함을 틀어막기 위해 다시 타이레놀을 찾는다.

자주 타이레놀을 먹는 내 모습을 지켜보던 사람은 나보다 더 큰 걱정을 하고 있었다. 그렇게 해결해서는 아무것도 해결되지 않는다고. 그 뒤로 물을 많이, 자주 마시는 습관을 가졌다. 수분 보충뿐만 아니라 기다림을 확보하기 위해서. 아무것도 하지 않고 물을 마시는 나에게 집중하면서 잠깐이라도 멈춰 있는 일을 실천할 수 있었다.

요즘에는 거의 타이레놀을 먹지 않는다. 그만둔 것이라기보다는 참는 것에 가깝다. 미련하게 통증을 참는 것은 아니다. 더 근본적인 문제를 만나려는 것이기도 한데, 쉴 수 있을 때 모든 것을 내려놓고 언덕을 걷는 상상을 한다. 때론 크게 틀어둔 음악이나 마실 것 하나 없이 맨몸이 되어 홀가분해짐을 느끼려고 노력한다. 마음의 수평을 맞추기 위해 무거운 것들을 좀 내려놓고, 내가 가라앉는 상상, 내가 편안하게 누워 있다는 상상, 상상을 끝마치고는 미지근한 물을 한 컵 가득 따라놓고 천천히 마신다. 그다음에 무슨 행동을 할지 생각하지 않은 채로, 물이 내 온몸을 타고 흐르는 것을 느낀다. 진통제가 틀어막았던 구멍으로까지 흘러가는 것을 느낀다.

패스트 드링크 러브

차를 마시는 건 두 사람의 일이라고 생각해왔다. 차 한잔 할까? 그런 안부는 안심이 되었으니까. 차를 마신다는 것은 누군가를 만나야만 할 수 있는 것이라고 여겼다. 따뜻한 것을 마시는 건 너무나도 번거로웠으므로 자주 차가운 것을 마셨다. 뜨거운 것이 식기를 기다리거나, 입천장 델 걱정 같은 것을 하지 않는 선택을 했다. 어디 가서 차 한잔하자고 하면 좋다고 끄덕이고는 했지만 혼자서 차를 마시지는 않았다.

그러다가 어느 겨울부터인가 혼자서 차를 우리기 시작했다. 김이 모락모락 피어나는 차를 곁에 두고는 지나는 시간을 가늠했다. 차가 식어가는 것으로 시간을 짐작할 수 있었기에 차를 자주 마셨다. 차를 순전히 좋아하게 된 것은, 차가 나를 기다리게 한다는 점에서였다. 식기 전에 그것을 다 마시거나, 엉뚱한 시간으로 흘러가 다 식어버린 차를 한 모금하면 시간이라는 리듬을 느낄 수 있었다. 타이밍이라는 것도, 제때라는 것도 차 한 잔에서 모두 감각할 수 있었다. 그때부터 혼자서 차를 마시기 시작했다.

차 한 잔이 생활 속에서 숨 돌릴 틈을 선사하는 일이 좋다. 같이 밥을 먹거나 어딘가를 가는 일보다도 특별하게 느껴진다. 혼자서 청승맞게 차를 마시는 건 나를 마주하는 일이다. 나를 비우고 나에게로 걸어 들어가는 시간은 차 한 잔이 우려지고 잔에 담겨 식어가는 시간으로도 충분하다. 맛보다 향의 풍미를 더 즐기고, 차를 고르는 것만큼 찻잔을 신경 쓰고, 따뜻해진 체온을 되찾아오는 이 과정을 추운 겨울이면 자주 반복한다.

혼자에 능숙해진 줄 알았는데, 차를 좋아하기 시작하면서 그간 서툴렀다는 생각이 든다. 어릴 때는 집에 혼자 있는 것이 무섭고 두려웠다. 긴 시간과의 싸움을 해야 했을 때면, 집에서는 늘 보리차 냄새가 났다. 주전자에 끓여

둔 보리차가 식어가면서 내는 단내와 탄내가 내 유년의 어느 콧잔등에 놓여 있다. 보리차 냄새를 맡으면 집에 홀로 남은 내가 머릿속을 관통한다. 차가운 물을 마시고 싶어서 끓인 보리차를 냉장고에 넣어두고 자주 들락날락했던 장면이 찾아오면 갈증이 인다.

차 한 잔을 들고 컴퓨터 앞에 앉아 원고를 쓰면 다 식은 차를 마시게 된다. 그래서 탁자에 차 한 잔을 놓고 아무것도 하지 않는 시간을 마련하려고 노력한다. 차에 집중하고 차에서 비롯되는 시간의 흐름을 온몸으로 익힌다. 내 입안에 익어버린 자극적인 맛을 씻어내고, 차의 담백함에 잠깐 맑아지는 시간은 무엇에게도 양보할 수가 없다. 차를 마시는 건 스스로에게 기다리라고 명령하고는, 그 기다림에 다가가는 일이다.

내가 아닌 것 되기

초등학교 6학년 때, 고등학생들이 푸는 수학 문제집을 들고 다녔다. 지금 생각하면 너무나 부끄럽고 쑥스러운 기억이다. 이유는 하나였다. 고등학교 수학을 선행하는 모범생처럼 보이고 싶었기 때문이었다. 외갓집에서 삼촌이 풀던 문제집을 들고 와 작은 가방에 600페이지가 넘는 양장본 문제집을 들고 다녔다. 공부 잘하는 아이들만 꾸리는 모임이나 스터디에 들고 싶기도 했고, 남들이 나를 무시하는 일이 두려워서 일종의 보호막처럼 지니고 다녔다. 꽤 효과가 있었다. 아무도 나를 무시하지 않았고, 그 감투를 들키지 않으려고 실제로 공부도 열심히 했었다.

그때부터 나는 만들어진 내가 되는 일에 흥미를 느끼

고 몰두했다. 내가 되고 싶은 것이 아니라, 내가 될 수 없는 것이 되기 위해서 노력했다. 일종의 허상이었는데, 삶을 완벽하게 속이는 일이 아니라면 때론 그런 허상이 보호막이 되기도 했다. 지금 생각해보면 부모님의 드높은 기대감이나 하고 싶은 것보다 해야 할 것을 일찌감치 깨닫고 임해야 했던 욕구불만이 그렇게 흘러나온 듯했다. 예를 들면 동대문 시장에서 산 가짜 나이키 운동화나 읽지도 않으면서 들고 다녔던 《탈무드》 같은 것들.

고등학생 때는 글쓰기에 흥미를 느껴 뒤늦게 전국 백일장을 찾아다녔다. 시제 몇 개가 주어지고, 제한 시간 안에 시를 써야 했다. 수상 공식은 간단했다. 시에서 부모님은 실직하거나 어딘가 아파야 한다, 고물상 노인이나 새벽시장의 부지런함, 하고 싶은 것에 대한 고민을 가진 건강한 나, 학교라는 갑갑한 둘레, 이주노동자들의 고충이나 단칸방, 반지하의 고립된 삶 같은 것을 다루면 되었다. 백일장에선 이러한 것들을 '학생다움'으로 간주하고 상을 줬다. 나는 종종 아픈 엄마, 실직한 아버지 이야기를 썼다. 다른 백일장에서는 갑자기 그 아버지와 엄마가 기러기 아빠가 되고 파출부가 됐다. 어렵지 않게 수상할 수 있었으나 큰 상은 받지 못했다.

시에서 자신의 이야기를 할 수 있다는 것을, 등단 후에 알게 되었다. 어쩌면 아주 느린 깨달음이었거나, 그만큼 이른 것이었다. 그것이 불행의 시작이라면 시작일 테고, 진정 나인 것으로 되어가는 고행의 시작이라면 시작이었다. 언제나 진실을 말할 순 없어, 그러나 그것이 자주 거짓이어도 안 되겠지. 항상 양면의 동전을 쥐고 있었다. 내 이야기를 하려고 할 때마다 시는 말문을 닫았다. 아무것도 돌아보지 않은 채로 나에 대해 나서려고 할 때마다 내가 아닌 기분을 느꼈다. 시가 분별해가는 나와 흉내 내는 내가 보이기 시작했다.

종일 아픈 나를 연기하다가 야간 자율 학습이 시작될 무렵에 선생님에게 찾아갔다. 선생님은 늦게까지 하는 병원을 알려주고, 나는 병원에 가는 척 시내에 있는 영화관에 갔다. 그것이 유일한 일탈이었다. 학교에 아픈 나를 두고 온 나는 외국 배우가 나오는 이름 모를 영화를 보면서 잠깐의 일탈을 즐겼다. 마음이 너무 불편하고 죄책감이 들었지만 종종 그런 거짓말을 했다.

내가 되려고 하는 것이 학교에 없다고 느낄 때마다 해답이 있을까 영화관에 가고, 분식점에 가고, 문구점에 가서 가장 얇은 펜을 골랐다. 한 번 떨어뜨리면 망가져버릴 만큼 얇은 펜으로 시를 썼다. 시의 괴로움을 느낄 때마다 친구들은 "네가 좋아서 하는 거잖아?" 하고는 책임감을 물었다. 거기에 내가 되어가는 시간이 있었고, 시는 내게 가르쳐주었다. 내가 두고 가야 할 것이 무엇인지, 삼촌의 무거운 문제집을 부러 꺼내어 친구들에게 자랑하듯 선보였던 어린 나와 몇 줄 읽지도 않은 《탈무드》를 꺼내어 지혜를 얻은 것처럼 행동했던 나를 어디엔가 두고 왔다.

지금도, 분명히 내가 아닌데 내 것처럼 굴고 싶은 것들이 많다. 하루에도 몇 번씩 진짜와 가짜가 구분되지 않을 때가 있다. 심판하는 마음으로 시를 쓴다. 시는 그런 의미에서 정직한 장르다. 너무나도 투명하게 드러나기 때문이다. 진짜로 쓴 시, 진짜이고 싶은 가짜가 쓴 시, 가짜가 쓰다만 시.

딸기 집착

어느 한 시기에 오래도록 딸기를 먹었다. 강박적으로 말이다. 딸기를 가득 사와서 냉장고에 넣어두고도 내내 딸기 생각을 했다. 저녁을 먹다가도, 잠들기 전에도, 회사에 출근했을 때도, 거리 좌판에서 팔고 있는 딸기를 볼 때에도 딸기가 집에 얼마나 남아 있는지, 무르고 상하지는 않을지 걱정했다. 그런 시간이 있었다. 당시 심리 상담을 받고 있을 때라 선생님께 물어보기도 했다.

"제가 딸기를 참 좋아하는데요, 우리 집에선 저밖에 안 먹고요, 딸기가 없으면 불안하고 삶을 잘못 살고 있다는 생각이 들어요. 그렇다고 딸기를 먹을 때 막 행복하진 않고요. 딸기에 집착하고 있다는 생각뿐이에요."

"혹시 최근에 딸기에 대해 느낀 좋은 기억이 있어요?"

나는 곰곰 생각했다.

"밥을 먹고 꼭 과일을 먹어야 한다고 생각하는 것 같아요. 딸기를 먹으면 나를 잘 보살피고 있다는 생각이 드나? 그리고 마트에서 딸기가 생각보다 싸게 팔고 있을 때? 친구들이 집에 놀러올 때 사온 딸기를 보았을 때?"

그날이었다. 그때 상담을 마치고 집에 가는 길, 버스에서 기절하듯 잠들어 몇 정거장 더 가서 내린 날. 거리의 불빛이 하나둘 꺼지고, 내가 걸으면 걸을수록 세상이 소멸해간다고 느끼던 어두운 겨울밤이었다.

집 근처에 과일가게가 없다고 투덜거리던 나였는데, 유독 환하게 불을 켜고 있는 과일가게 앞에 서서 한참 동안 딸기를 보았다. 잘못 내리길 잘했군. 저걸 먹으면 오늘 하루가 괜찮아질 것 같은데? 난로 가까이에 앉아 졸고 있던 주인은 내 인기척에도 일어날 생각을 하지 않았다. 그 얼굴이 내 얼굴과 다르지 않아서 한참을 기다렸는데, 가게 불빛 때문인지 윤이 나는 딸기에 침이 고이기 시작했다. 그렇게 사들고 집에 와 따뜻한 산딸차 한 잔과 딸기 몇 알을 먹으면서 몸 안에 어떤 기운이 해빙되는 것을 느꼈다. 생전 처음 느낀 감각이어서, 그것이 참 좋다고 느꼈다. 그 후로 반복적으로 딸기를 먹었다. 끝물 딸기는 갈아서도 마시고, 설탕에 찍어 먹기도 했다. 딸기가 사라지고 제철 과일들을 찾아 먹다가, 다시 딸기가 나올 때가 되면 겨울이 오고 있음을 실감했다.

이런 이야기를 선생님에게 했는데, 선생님은 딸기에 대한 좋은 기억으로 복원하려는 시도 같다고 했다. 딸기가 매개가 되어 그때의 좋았던 때로 가려고 하는 상처의 움직임이라고.

이후엔 그 말이 의식이 되어서 딸기를 먹지 않으려고 노력했다. 차가운 물에 딸기를 씻으면서 잠깐 더 신선해지는 거라고 착각했던 시간도 희미해졌다. 좋았던 때로 복원한다는 것은 좋은 일이지만, 컴퓨터도 그렇고 어디론가 복원해야 하는 시점이라면 분명 고장이 났거나 이상이 생겼을 때니까, 그제야 내 상태가 이상하다고 의심하기 시작했다.

제철 과일의 싱그러움 같은 것을 동경했다. 퍽퍽하고 무료한 삶에 과일 한 접시를 먹는다는 것, 특히 제철 과일을 먹으며 어떤 한때를 오롯하게 당도할 수 있다는 사실이 좋았다. 과일을 사먹을 때마다 주머니 사정을 망설였던 나는, 더 이상 과일에 돈을 아끼지 않게 되었다.

이르게 만난 제철 과일이 주는 나의 찡그림을, 알맞게 익어서 내게 주는 미소를, 끝물에 생기를 다 잃고 내게 주는 텁텁함을 기억하려고 노력했다. 살아 있다는 것을 아주 잠깐 실감하는 시간이었기 때문이다.

집에 들어왔을 때 과일 냄새가 진동한다는 것은, 어디선가 과일이 짓물러가고 있다는 뜻이기도 하다. 과일이 씩씩하게 울고 있는 것을, 싱그러운 향이 난다고 착각하던 때가 있었다. 너는 참 유별나구나. 고작 과일 가지고 이런 이야기를 할 수도 있다니! 눈치를 채고 싶었는지도 모르겠다. 과일로 나의 욱신거림을 잠재우려고 할 때를, 제철 과일이 가져다주는 풍성하게 머금은 그때의 시간을, 스스로 알아차리고 싶었는지도 모르겠다.

버티는 일

"혹시 잘 때 어금니를 꽉 물고 자는 버릇이 있나요?"
치과 의사 선생님은, 무방비로 입을 벌리고 있는 내게 물었다. 가끔 자고 일어나면 턱이 아플 때가 많고, 꿈에서 주먹다짐을 했나 싶을 때도 있고, 같이 사는 동생의 목격담에 의하면 끙끙 앓는 소리를 잘 낸다고 했으니, 그럴 만도 했다. 자면서도 무엇을 견디느라 나는 힘을 꽉 쥐고 있었던 것일까. 종종 몸이 느슨해질 정도로 쉬면 오히려 컨디션이 떨어지곤 했다.

언제부터인가 사람들과 안부를 주고받을 때마다 '버티다, 견디다'라는 말을 많이 듣고 내뱉는다. 우리는 무엇을 견디고 있을까, 왜 견디는 것일까? 그게 좋게 들릴 때도 있고 나쁘게 들릴 때도 있었다. 그것을 심판하려고 들 때마다 나는 제대로 살고 있지 않은 듯했다. 버티는 힘의 끈기와 참아야만 하는 삶의 속내를 동시에 붙들고 있는 모습이 아무래도 행복해 보일 수는 없기 때문이었다.

결혼식을 가는 아주 먼 길, 코트의 큰 주머니에 프랑시스 퐁주의 시집을 넣어 갔다. 지하철 안에서 내내 읽었는데, 너무 재미있어서 그만 읽고 싶다는 생각을 하기도 했다. 시집 덕분에 1시간 24분을 가야 했던 종착지에 순식간 도착한 기분이 들었고, 돌아올 때 읽을 분량을 아주 조금 남겨놓은 것을 뿌듯해하며 낯설고 어수선한 결혼식장에 갔다. 이렇게 버티는 것은 꽤 즐거운 일 아닌가?

등단하고 1년이 채 되지 않았을 무렵, 자취하던 집 근처의 식당에서 우연히 선배 시인을 만난 적 있었다. 선배는 나의 안부를 이것저것 묻다가, 그해 등단한 신인들을 조명하는 앤솔로지 책에 대해 이야기했다. 거기에는 내 시가 수록되지 않고 같이 등단한 다른 시인의 시가 실리게 되었는데, 혹여나 상심이 크지 않느냐고 물었다. 어차피 시는 오래 쓰는 거라고, 멀리 보라는 말을 내게 해주었는데 식어가는 밥상 앞에서 나는 그 말을 기억하지 않으려고 애썼다. 계속 버텨야 한다는 의미를 지닌 그 말이 무섭고 두려웠기 때문이다.

십수 년이 흐른 뒤에 그 장면을 다시 돌이켜보면 의아하다. 책에 실려 있지 않은 나를 우연히 만난 것도 신기할 뿐더러, 그런 상심까지 헤아렸던 선배 역시도 언젠가 나와 같은 모퉁이에 서 있었던 게 아닐까. 그 조바심을 누구보다 잘 알고 있어서, 그때엔 견디는 일이 필요한 것임을 에둘러 말해준 게 아닐까 하고 이해해버린 것이다. 십수 년 만에 깨닫게 되는 말도 있다니. 견디는 것은 이렇게 보람된 일인가?

그럼에도 내가 견디는 일이나 버티는 일을 그만두고 싶어 하는 것은, 꽉 쥐고 있던 어떤 손톱자국이나 이빨자국이 오래도록 몸에 남기 때문이다. 더 정확하게는 영혼에. 그 안간힘이 좋은 힘줄이 되기도 하지만, 붙들고 있는 것만이 다 능사는 아니라는 것을 배우기도 했으니까. 홀연히 떠나는 타이밍이, 놓아주는 느슨함이 더 큰 기다림을 버틸 수도 있게 하니까.

한 업계에서 오랫동안 일하며 자신의 영역을 구축해온 사람들을 보면 경이롭다. 버티는 동안의 얼룩들을 어떻게 다스리고 살았을지, 나는 인터뷰를 하면서 종종 물어보곤 했다. 무언가를 다 안다는 듯이 말하는 사람보다도, 그 버틴다는 사실이 무감각해지거나 녹슬지 않도록 계속 보듬어가는 사람의 말을 듣기도 한다. 버티다 보면 답이 있겠지, 그런 망망대해의 표류 속에서도 계속 믿음을 출렁이고 있는 모습을 보면 어떤 안간힘은 자신도 모르게 꽉 붙들게 되고, 어떤 안간힘은 스스로 벼랑을 만들어 초인적인 순간을 일으키기도 한다. 버티고 있는 내게 계속할 수 있는 다독임을 주기 위해서는, 버티지 않아도 될 만한 일을 선별하는 깨끗한 지혜가 필요한데, 사실 이 책에 쓰는 이야기들이 아마도 그런 것을 찾아가기 위해 그만둔 것들이 아닐까.

나를 소재로 말하는 진실함

"자신에 대하여 쓴다고 해서, 진실이 발설되는 것은 아니다. 자기 자신을 파고 내려갈수록 덩이줄기처럼, 세계 전체가 끌려나온다. 가족과, 친구와, 애인과, 적과, 타자와 사물과 관념과 물질이 끌려나온다. 우리가 자기 자신이라 생각하는 그것은 사실 이질적인 것들이 만든 아상블라주다."

― 김홍중,《은둔 기계》

문학을 기웃거리면서 나에 대해 말하는 것이 조금 편해졌다. 여전히 하지 못하는 말도 있지만, 시나 산문을 쓰면서 나를 꺼내오는 일이 반복되었으니까. 어떤 '나'는 너무 많이 들춰서 너덜너덜해졌고, 어떤 '나'는 아주 새것 같은 얼굴을 하고 있다. 어떤 '나'는 나보다 더 잘 알려진 이

야기가 되었고, 또 어떤 '나'는 살면서 희미해지거나 영영
사라지게 되었다.

　친구가 내게 고백했던 이야기를 아직도 기억하고 있
다. 자신이 겪어온 불온한 이야기였다. 우리는 몇 시간 동
안 그 자리를 떠나지 못하고, 남아 있는 빨대를 질겅질겅
씹으면서 못다 한 이야기 속에 빠져들곤 했다. 나는 친구
의 비밀을 알게 된 것이 무척 기뻤다. 그 비밀을 지켜주면
서, 그림자처럼 떨어져 있는 친구의 진실까지도 이해할 수
있으리라 여겼기 때문이었다. 눈물로 반짝이는 밤이었다.

　그 친구는 자신의 내밀한 이야기를 다른 사람에게도
자주 말하였다. 나만 알고 있으리라는 순진한 마음을 접
어야 했던 것은, 너도, 나도 다 알고 있는 자명한 사실처
럼 다른 친구들의 입에 오르내리고 있을 때였다. 그때 나
는 이 비밀을 떠나야겠다고 생각했다. 그 친구의 비밀을
나만 알아야 한다고 생각해서라기보다는, 누군가와 쉽고
간편하게 가까워지기 위해 자신의 비밀을 쉽게 꺼내오는
사람이라는 의심 때문이었다.

　그 뒷모습에서 나를 본 것 같기도.

　비밀을 고백하는 사람의 진실됨에 마음을 기울이게

된다. 내게 마음을 기울였으니, 나도 그만큼 기울여 말하게 되는 어떤 내밀한 이야기가 있고, 내밀한 이야기를 주고받으면서 끈끈하게 엉키게 되는 것을 우정이나 의리로 생각했던 것인지도 모른다. 나의 어둡고 외로운 것을 고백하면 쉽게 가까워지게 된다는 것을, 빨리 잊고 싶었다. 나의 슬픔을 전시해 많은 사람이 드나드는 일로 내 외로움을 이겨내고 싶지 않았다.

종종 주변 사람들은 내게 "너는 네 이야기를 잘 안 하잖아" 하고 속 이야기를 털어놓는다. 시를 쓰면서 나는 내 이야기를 계속해왔기 때문에, 그런 이야기가 다소 의뭉스럽다. 정말 내가 내 이야기를 하지 않는다고? (물론 사람들이 다 내 시를 읽는 것이 아니니까 충분히 이해가 된다) 하고 시로 옭아맨 진실의 자리를 들여다본다. 새카만 구멍 속에서 웅크리고 있는 내 모습을 보기도 하고, 나를 대신해 나의 은유로 태어난 것들의 울음소리를 듣기도 한다.

김홍중 선생님이 쓴 문장을 오랫동안 되뇌곤 했다. "자신에 대하여 쓴다고 해서, 진실이 발설되는 것은 아니"라는 말이 내게로 꽂힌 이유는 그렇게 생각해왔기 때문일까. 나는 나에 대해 말하기 때문에 언제나 진실하다고 생각했는데, 그것이 수단이나 방법이 되면서 진실이 탄로날까 두렵다면 그것은 과연 진실일까.

　내가 시인들의 첫 시집을 애정하는 이유는, 그 첫 시집을 위한 행보가 다난했을 것임을 헤아려서이기도 하지만 사실은 첫 시집에서 길어올린 그 사람의 세계 전체가 함께 끌려 나온 것이기 때문이기도 하다. 그 구덩이를 오랫동안 보고 있으면 우리가 결코 쉽고 간단하게 태어나 살고 있지 않다는 나란함을 위로로 삼을 수도 있고, 그 덩이줄기에서 무엇을 끊어내고 갈 것인가, 무엇을 다시 심을 것인가의 행보를 지켜보기에 좋은 좌표가 되기 때문이다. 한 사람의 복잡다단한 면모를 만난다는 점에서 시인의 첫 시집은 고백의 아상블라주가 아닐까.

　내게만 말한다고 해놓고선, 다른 친구에게서 너의 진실이나 내밀한 비밀을 듣게 되면 배신감이 든다. 하지만, 그것은 내가 상대에게 기대하는 진실이었을 뿐, 정작 그 사람의 진실은 아니었을 수도 있다. 나를 토대로 진실됨을 연기하면서 누군가와 가까워지겠다고 마음먹는 어떤 외로움이 눈뜰 때마다, 나는 그 마음을 더 안쪽으로 밀어넣는다. 구겨 넣거나 욱여넣듯이. 슬픔을 자랑하듯 떠들고 다녔던 시절과 상처가 영웅담처럼 보였던 시절이 모두 지나가고, 진짜 말하고 싶은 것이 생길 때까지 그 구덩이를 배회한다. 제 발로 걸어 들어가는 날까지, 나의 진실이 나를 몰라볼 때까지.

내 얼굴 외면하기

평소에 거울을 잘 보지 않는 편이다. 이유는 너무 많지만, 특별한 목적(새치를 뽑아야 하거나 턱에 여드름이 났거나)이 있지 않는 한 거울을 되도록 보지 않으려고 한다. 아마도 내 얼굴을 마주하는 게 징그럽다고 생각하는 듯하다. 나와 정면으로 마주한다는 것에도 거부감을 가지고 있고, 헝클어진 머리를 정리하면서도 나는 눈을 마주치지 않으려고 재빨리 머리를 쓸어 넘긴다.

생활은 마음을 닮아간다. 그럴 때는 문득 거울이 보고 싶다. 지금 도착해 있는 얼굴을 보기 위해서. 마음이라는 게 있다면 나는 얼굴에 있다고 믿는다. 인도네시아에서는 마음이 간에 있다고 생각한다던데, 그 말을 들은 뒤로 사람들을 만날 때마다 마음이 어디에 있는 것 같냐고 물어보곤 했다. 심장이 있는 가슴을 가리키는 사람, 두 손을 살포시 포개어 보여주는 사람, 제 머리를 쓰다듬는 사람, 제각기 다른 대답을 했다. 마음에는 주소가 없어서 우리는 종종 갈피를 잃는 것일까. 그래서 잎새처럼 늘 흔들리며 살게 된 것일까.

글을 보면 내가 어떻게 생활하고 있는지가 훤히 들여다보인다. 마치 호숫가에 내 얼굴을 비춰보는 일처럼. 그 투명함에 크나큰 신뢰를 가지고 있다. 생활을 돌아보라, 그것은 자화상을 그려보란 말과 다르지 않다. 표정에 드리우는 생활의 주름들을 빼꼼 헤아리는 일은 용기가 필요한 것일지도 모르겠다.

머지않아 나올 새 시집의 원고를 살피고 있다. 수학의 정석 1단원처럼, 맨 처음에 실려 있는 첫 시 〈괴도〉의 첫 구절을 제일 많이 읽어보게 되는데, 가령 이런 구절이다.

저 고개 숙인 자의 표정을 알고 싶다
코를 땅에 떨어뜨리지 않기 위해
어떤 찡그림을 발명했는지

정말 얼굴과 마음이 포개어진다고 믿는 것일까?

원고 마감을 할 땐 원고와 함께 저자 사진을 첨부파일로 보낸다. 아무런 생각 없이 사진을 첨부하고 있었는데 문득 깨닫게 되었다. 이게 벌써 6년 전 사진이구나. 6년 전의 나를 아무런 생각 없이 내미는 나를 갱신하고 싶어서 프로필 사진을 찍어두기로 마음먹었다.

유머가 깃든 사진을 좋아한다. 숨길 수 없는 마음처럼 표정이 마구 쏟아지는 무자비한 시간 속에서 포착된 사진들에겐 대부분 웃음 포인트가 하나씩 있다. 그래서 전문가의 손을 빌리지 않고 동생과 함께 텅 빈 스튜디오를 대여했다. 서로를 의지하며 얼굴을 카메라에 담았다. 한참 동안 봐도 눈에 익지 않는 내 얼굴을 설명할 방법이 없었다.

얼굴이 표정을 만드는 게 아니라, 표정이 얼굴을 만드는 것이라고 믿는 그 마음으로부터, 얼굴은 충실히 마음을 반영하는 듯하다. 아이처럼 해맑게 웃는 사람을 보면서 길거리에 쓰레기 하나 버리지 않을 것 같고, 무언가에 복받쳐 엉엉 우는 사람을 보면 일기장에 솔직한 문장들로 가득할 것만 같다. 투명한 얼굴로 진실한 마음을 출력하는 얼굴이라는 삶, 표정이라는 생활을 내내 헤아리다가 수백 장 속의 사진 속에서 고른 내 얼굴은 여지없는 나였다.

작고 촘촘한 시의 언어를 빌려, 점묘화로 나의 자화상을 그려나가고 있다. 그러나 마음은 거울이 아니다. 왜곡 없이 투명하게 비출 뿐. 투명한 결정 속에서 아른거리는 흐릿한 얼굴이 나의 얼굴이다. 얼굴은 투명한 마음 그 자체일지도 모른다. 얼룩이나 손자국, 입김까지도 빠짐없이 내려앉는 지상의 가장 낮은 언덕이다.

휴대폰 속에서 즐거운 것을 쫓다가 잘 시간을 놓치고 부랴부랴 화면을 끄면, 문득 검은 화면에 비친 얼굴을 본다. 아무런 표정도 가지지 않은 얼굴을. 나도 가늠한 적 없는 얼굴을 만날 때마다 나의 얼굴을 외우지 못한다고 생각했다. 언젠가 비엔나에서 보았던 에곤 실레의 자화상처럼. 자신의 불안과 우울을 지진계 삼아 그렸던 그 얼굴은 완성된 얼굴이 아니었다. 그저 그날의 자신이었을 뿐이다.

기분이 얼굴을 빚고 마음이 얼굴을 태어나게 한다면, 오늘의 얼굴이 내일의 얼굴과 같다고 말할 수 있는가. 자화상은 내가 가진 투명함에 용기를 내거는 일일 것이다. 모르는 척, 못 본 척 지나갔던 내 얼굴의 찡그림을 구경해보기로 한다. 안경을 고쳐 쓰고 갈라진 앞머리를 정돈하면서, 내게로 찾아온 빗금을 읽으며 오늘 도착해 있는 나를 알아차리는 것. 거울 앞에 앉은 내가 나를 들여다보고 있다. 어떤 대답을 기다리는 듯이.

약점 숨기기

약점을 상대방에게 들킬 때마다 숨고 싶은 쥐구멍을 그린다. 그 쥐구멍이 기다리고 있는 나의 약점이 몇 가지 있다. 표정을 숨기지 못하는 것. 뜨거운 초심에 비해 마무리가 엉터리인 점. 순간을 모면하려고 긍정적인 대답을 하는 것.(할 수 있고, 된다고 말하고, 그렇다고 이야기한 뒤에 나중에 생각해보는 버릇), 체력이 좋지 않은 것, 자주 성급해지는 것, 변화에 매우 민감한 것, 소심한 것……. (내 근미래를 위해 이쯤으로 해둘까.)

건축가 쿠마 켄고의 철학을 사랑한다. 그의 건축물을 보려고 일본에 간 적도 몇 번 있었다. 나는 그의 책 중에 《자연스러운 건축》과《약한 건축》을 애정한다. 특히《약한 건축》에는 이런 대목이 나오는데, 이 대목을 오랫동안 되뇐 적도 있었다.

> "약하고 자연스러운 건축은 건축의 새로운 힘을 획득하기 위한 전략이다. 결국 약함은 균형과 관련된 문제다. 균형 잡힌 약함보다 강한 것은 없다. 약한 것들은 변화에 잘 적응하고 바로 그 약함 때문에 살아남는다."
>
> — 쿠마 켄고,《약한 건축》

내가 약하다는 것을 인정하면서도 부정하는 편인데, 때때로 강해지려고 애쓰는 부근에서 나약함을 들켜왔기 때문이다. 내가 스스로 나의 약점을 인지하면서도, 그럼에도 그 와중에 관계나 생활, 일적으로 균형을 챙기려고 하는 것은, 쿠마 켄고가 말한 대목과 일맥상통하는 부분이 있다. 내가 어떤 변화를 감지하고, 그 변화에 대처하기 위해 선택하는 방식들이 나를 떠밀지 않고 버티게 해주는 것이다.

치아 교정 때문에 죽이나 미음이 아니면 거의 먹을 수 없을 정도로 아플 때 나는 동유럽에 있었다. 끼니를 때우는 것이 고난과 다르지 않았던 여행지에서 햄버거를 하나 사들고, 숙소의 그릇이란 그릇을 다 꺼내어 저녁을 차렸다. 빵과 토마토, 채소와 고기 패티를 분리하여 코스 요리처럼 각각 그릇에 담아 잘게 썰어 먹었다. 내 약점을 극복하는 가장 우아한 방법이었다.

누군가의 시를 읽으면서, 시를 쓴 사람을 생각할 때가 있다. 이 사람의 모나고 뾰족한 부분이 어떤 나약함에서 온 것인지, 반대로 희고 야리야리한 시는 어떻게 계속 살아남을 수 있을지에 대해. 폭풍 전야 속에서 땅을 고르게 밟고 있을 사람을 생각한다. 건축을 지우는 건축에 대해 고민하던 쿠마 켄고의 업적처럼, 건축을 위해 빼앗았던 나무의 자리를 다시 건축에게 돌려주었던 훈데르트바서처럼, 나약한 사람이 어떻게 그 나약함을 다루며 살아가는지를 볼 때 나는 지혜를 읽는다. 질겨진 점성으로 끝내 투명함을 잃지 않는 생명력에서 나는 살아가고 싶은 마음을 전해 듣는다.

나는 때때로 가만히 앉아 있어도 많은 게 무너져내리는 것 같다고 생각한다. 높은 곳에 있던 것들이 죄다 떨어지는 상상을 하거나 잘 정돈된 책상을 쓸어 내리치는 상상을 한다. 약한 유령의 분노가 시작되었으나 나의 육체는 그것을 실행에 옮기지 않는다. 그것을 참는 동안에 마음을 누비는 쇠구슬 하나가 중심을 찾도록 호흡한다. 그런 와중에 삶이 계속되고 있다는 것이, 어쩌면 다행일 수도 있고 어쩌면 불균형을 여러 얼굴로 실감하며 살아가야 하는 비극일지도 모르겠다. 어쨌든 나는 약한 사람의 약한 시를 좋아한다. 약한 유령의 분노를 다스릴 줄 아는 약한 사람도. 자신의 약한 모습을 성급히 수습하지 않는 사람이 되고 싶어서, 약점을 숨기는 것을 그만두었다. 아름다운 흠집이었다.

심리 상담

선생님에게도 숨기고 싶은 말이 생겼을 때, 상담을 그만 둬야겠다는 생각이 들었다.

심리 상담을 통해 문제를 분명히 마주하게 된 것이 좋았지만, 내게 닥친 고난을 다루기 위해 능동적으로 방법을 찾고 있다는 만족감 자체가 더 좋았다. 그리고 아무런 배경 지식이 없는 사람에게 내 이야기를 계산하지 않고 꺼내어놓을 수 있다는 어떤 홀가분함까지.

그동안 전혀 내가 인지하지 못했던 문제 몇 가지를 깨닫는 데 성공했다. 이제 내 몫만이 남았구나 하는 가늠이 들 때 그만두게 되었다. 심리 상담을 하면서 잘한 것은 심리 상담이 끝나자마자 기록해둔 일기였다.

1회 차 상담과 붕어빵

겨울을 막 베끼기 시작한 늦가을이 되었다. 외투가 두꺼워지고 실내로 향하는 발걸음이 빨라졌다. 나는 용기를 내어 예술인 심리 상담을 신청해놓고 있었다. 집주인과의 말도 안 되는 갈등을 겪고, 누군가와 이별을 하고, 삶이 엉망의 알맞은 모양으로 망가져가고 있었기 때문이다.

심리 상담실은 온화하고 아늑한 실내를 가지고 있었다. 군더더기 없는 인테리어와 커다란 테이블, 초시계 등 눈에 보이는 것들은 그 정도였다. 상담 선생님은 아주 자연스럽게 내가 살아온 시간부터 가족에 관한 것, 시 쓰는 이야기까지 들어주었다. 우리에게 허락된 시간은 70분이었는데, 선생님은 아주 자연스럽게 제한 시간을 앞두고 이야기를 마무리할 줄도 알았다. 그것이 무척 마음에 들었다. 상담이 끝나고 붕어빵을 샀다. 외투 안쪽에 꼭 품고 집에 돌아왔는데 다 눅눅해져 있었다. 뜨거운 김을 빼야 바삭함이 오래간다는 동생의 말을 기억해두어야겠다고 생각했다. 하루 종일 여러 갈래의 이야기를 하고 있지만 결국 하나의 맥락으로 흐르고 있다고 느껴졌다.

2회 차 흔들리는 연습

한 주가 지나고 나서는 여러 가지 검사를 했다. 선생님은 내가 제출한 것들을 살피면서 문제에 부딪혀왔지만 그럴 때마다 제대로 해결하지 못한 것을 원인으로 삼았다. 더 큰 문제는 갈등을 직면하지 못하고 회피했던 나의 태도라고도 했다. 나는 지혜로운 사람인 줄 알았는데, 글로 차근차근 풀어내고 있는 줄 알았는데 내게 갈등 해결 능력이 부족하다고 하니, 처음엔 수긍이 잘 가지 않았다. 그러나 차차 가족 관계에서 유착되어 있는 것으로부터 내 개인의 문제로 인식하지 못하는 몇몇 문제가 그동안 내가 만나온 사람들과의 문제를 해결하지 못하도록 만들었다는 것을 알아차릴 수 있었다.

선생님과 나는 자주 웃진 않았지만(웃을 일이 없었지만) 대화에 스며들만한 옅은 미소를 띠기도 했고, 자주 끄덕였으며 말문을 흐리지 않고 대화했다. 조심스럽게 묻는 선생님의 태도와 쏟아지듯 대답하는 나의 태도가 상반된 터라 괜찮으신지 여쭈었더니 상담은 원래 그렇게 진행되는 거라는 대답을 듣고 안심이 되었다.

상담자란 잘 들어줄 수 있는 경청의 인내와 끈기가 필요한 일이라고 생각했는데, 대답의 맥락을 서로 연결하며

인과 관계를 찾아야 하는 아주 바쁜 것이었다. 나는 좋은 내담자일까? 자격을 묻다가 그만두기로 했다. 이런 걱정에서 비롯된 것으로 여기에 왔다고 생각하니까 무언가를 내려놓게 되었다.

3회 차 핀볼의 기분

선생님은 내게 이래라저래라 하지 않았다. 처음인 만큼 나를 진단하고, 나라는 사람에 대해 알고 싶은 모양이었다. 나는 몇몇 내밀한 이야기로 금방 들춰지는 사람이었지만, 선생님은 궁금하고 계속 알고 싶다고 했다.

시를 쓰면서 나는 나를 돌봐왔다고 자만하고 있었다. 물론 그만큼 들여다본 것이 있었을 테고, 그만큼 외면한 것도 적지 않았을 것 같고, 상담을 진행하면서 자주 언급했던 몇몇 사람들이 복잡하지만 어쨌든 내게 큰 사람들이라는 것을 알았다. 우리는 회복하면 좋겠다, 다시 사이가 좋아지면 좋겠다, 많은 갈등을 딛고 지혜롭게 나아가면 좋겠다, 나의 노력과 너의 노력으로 인해서, 우리가 좀 나아지면 좋겠다, 그런 생각들은 내가 오래전부터 포기해온 일과들이었지만 포기한 것은 갈등을 해결하는 일에서 자주 실패감을 경험했기 때문이다. 나 스스로 실패하지 않으려고, 시도도 하지 않았던 많은 다툼과 전쟁이 죽어 있는 나의 평화를 나는 평화라고 부를 수 있었을까.

다음 상담까지 해가야 할 것이 있었다. 그것을 숙제처럼 들고 집으로 갔다. 집으로 가는 동안, 집에 가고 있다는 생각보다는 오래된 핀볼 기계에 갇힌 쇠구슬이 된 것 같다는 생각이 들었다. 이유는 모르겠지만 어디로든 튀어오를 수 있을 것 같았다.

4회 차 기억나지 않습니다

상담 선생님과 지난 검사를 바탕으로 한 대화를 이어 나갔다. 어쩌면 내가 아는 문제들이었을지도 모르고, 지금껏 살면서 내가 전혀 몰랐던 문제를 직면하지는 않을 거란 생각도 들었다. 나이의 굴레 안에서, 그 시절을 적절히 흘려보내기 위해, 적절히 눈 감은 것들, 보고 못 본 척하는 것들, 들은 체 만 체하는 것들에 대한 이야기가 흘러나왔다. 문제는 분노였고, 나의 분노 표출 방식에 큰 문제가 있다는 것을 알았다. 내 안에 내재된 공격성이 적절히 발현되지 않아 더 큰 무기를 쥐게 한다는 것을, 나는 알았고 이것을 계속 가두게 되면 내 안에서 칼질하며 건강과 마음을 피폐하게 난도질할 것임을 선생님은 경고했다. 나는 끄덕였고, 나는 철창의 문을 조금 열어두었다.

선생님, 저는 좀 지친 것 같아요. 상호작용을 하는 것도, 누군가에 의해 어떤 일을 수행하는 것도, 조금 지쳤어요. 스스로가 빛나면서 하게 되는 일들에 대한 기대감도 누그러들었고, 살고 싶다는 간절함보다는 살아 있다는 안도감으로 삶을 지나가고 있는 것 같아요. 잘하겠다는 마음보다는, 못하지만 않으면 된다는 눈금이 계속 저를 살게 하고 있어요. 지금이 적당하고 좋아요. 넘치고 싶지 않아요. 두드러지면, 결국 가장 먼저 지치는 게 나인 것을 나는 알게 되었어요.

이번 상담에서 인상 깊었던 것은, 내 이야기에 너무 심취한 나머지 선생님의 이야기가 하나도 기억나지 않는다는 것이었다. 그리고 선생님이 한 번도 본 적 없는 나의 가족과 친구들을 알고 있다는 것이, 조금은, 이상했다.

5회 차 대화 메모

다시 상담에 갔을 땐 근래에는 마음에 평온함이 깃들어서, 선생님과 상담할 수 있는 게 많이 없다고 생각했다. 최근에 생긴 나의 큰 이벤트들을 이야기하고, 거기에서 겪은 나의 느낌을 들어주는 선생님이 나의 많은 이야기를 알게 될까 조심스럽기도 하다. 축적된 이야기가 하나도 없으니 모든 이야기를 다 해볼 수 있었지만, 선생님이 기억하는 나의 예전 이야기들을 불쑥 꺼낼 때마다 나는 숨기는 게 다시 많아질지도 모른다. 지난 상담에서 선생님의 이야기를 귓등으로 들었으므로, 이번에는 메모하면서 선생님과 대화를 이어가기 시작했다.

"저는 언제나 희망보단 절망 가까이에 있는 편이 좋아요. 희망을 쫓을 때보다 절망에 가라앉아 있을 때 드문드문 발견한 희망들이 더 많았고 잦았거든요."

"그러나 당신은 감정을 억누르려는 기제가 늘 작동해요. 항상 감정을 일정 수준에 두려고 하는 것 같아요."

"가령, 누군가가 기뻐하거나 기대감이 높아졌을 때에도, 당신은 기대되지 않는다고 말해요. 그렇게 감정의 리듬을 평평하게 만들고는 다가올 순간을 만끽하죠. 그게 늘 억눌러온 감정보다 높을 테니 쉽게 감동하고 쉽게 기뻐하기도 해요."

"그래서 타인과의 감정과 맞붙여놓았을 때 차이가 너무 심하면 오르지 못하거나 내려갈 수가 없어요."

"감정을 평온하게 만드는 일이 결국엔 제어하는 힘에 의해 이루어지기 때문에 그것 또한 자신을 힘들게 하는 것이죠."

"너무 희망에 가까운 사람들이 무서워요. 나의 절망을 망각하게 할까 봐."

"그렇다고 해서 그 기운을 무시하면 안 돼요. 결국 그 둘이 어울려야만 자신의 절망도, 희망도 또렷이 볼 수 있는 거니까. 희망을 위해 절망을 선택한 편이 아닌가요?"

"희망을 위해 희망을 선택하는 어리석음을 덜어보려고 그런 것 같아요. 절망에는 아무도 손을 대지 않아서 쉽게 꺼내볼 수 있는 것들이 많아서."

* 해당하는 상담 내용은 재구성한 것이다.

6회 차 부정하기

상담이 끝나고 많은 생각을 했다. 나는 기쁠 때 정말 기쁨을 표현하고, 슬플 땐 슬프지 않다고 여기려 했다. 어떤 감정을 들키는 일이 욕망을 들키는 일이라는 생각, 그것이 곧 나의 약점이 될 거라는 생각 때문에 감정의 기복을 기피하고 안정감 있는 세계를 조성하려고 노력했다. 그 노력이 누군가를 힘들게 하고, 그 노력이 나 자신을 지치게 하는 일이라면, 감정의 출입을 통제하지 않아야 맞는 것인데, 억누르는 것이 없으면 잘 봉제된 일상을 삐져

나오려는 것이 없을 것이고, 나는 그러면 아무것도 쓰지 못하게 될 것이란 생각. 나의 절망은 은연중에 희망을 향해 고개를 들고 있고, 밝은 쪽이 있다, 저쪽으로 가보자, 저쪽에 가서 지금 있는 이곳을 돌아보자, 그렇게 눈이 멀어버리게 되면 우리는 어디에 있더라도 절망일 것이다. 그런 생각을 하게 되는 것이다.

7회 차 좋은 예감

상담 선생님은 내게 언제나 감정을 평균적으로 유지하려고 애쓰는 사람이라고 강조했다. 내가 가장 싫어하는 타인의 행동은 깜짝 놀라게 만드는 것. 예를 들어서 예고 없이 내가 있는 곳으로 찾아오거나, 갑자기 어딘가에 가자고 연락하는 것, 그 사람의 두 손에 내가 좋아하는 게 붙들려 있다손 치더라도, 나는 갑작스러움에 크게 동요하는 편이다. 그냥, 그 갑작스러움에 놀란 뒤 기쁨을 만끽해도 되지만, 그게 잘 안 된다. 동생은 나의 이런 성향을 아주 잘 알아서, 갑자기 재채기를 해 큰 소리를 내면 내게 미안하다고 가볍게 농담하곤 한다. 깜짝 놀라는 것에 흥미가 없는 나는 감정이 동요하는 일에 두려움이 많은 사람이다.

선생님, 저는 조금 지쳤어요. 저 잘할 수 있거든요? 그런데 꼭 그렇게 하지 않으려고 해요. 그렇게 안 하면 마음은 편하더라고요. 저는 아주 일찍부터 열심히 살았고 누구보다 빠르게 살았던 것 같아요. 그런데 지금은 조금 버거워요. 그걸 아니까 그렇게 살아보려고요. 무난하고 안정적이게요. 그런데 그게 어려워요. 잘하려는 마음, 섣부른 마음이 오히려 제게는 더 쉬운 것 같아요. 그래서 적당히 해보려고요. 아주 적당히, 눈에 띄지 않게요.

선생님 앞에서도 잘 보이고 싶은 마음을 가지게 된 것인지도 모르겠다. 하고 싶은 이야기가 있었는데, 그런 이야기는 꾹 참았다. 했던 이야기 같기도 하고, 반복을 거듭하면 우리 대화에 좋을 게 없을 거라는 생각이 들기도 했으니까. 다시 원점이 되었다고 생각하면 어쩌지, 그런 걱정을 하기 시작했다. 이번 겨울은 유독 춥다. 상담이 절박해서 찾아왔지만 이제 조금 달라진 것 같다. 할 수 있는 게 상담실이 아니라 내 방 어딘가에 있을 것 같다는 예감, 나는 이 예감을 좋은 곳으로 데려가고 싶다.

문제를 당장 해결할 수 있는 것은 아니었다. 상담 일기를 다시 읽으면서, 그때 내가 필요했던 것은 나의 이야기를 내려놓을 수 있는 곳이었다는 것을 알게 되었다. 많은 시와 산문을 쓰고 있었던 그 시간에, 그럼에도 내 이야기를 다 하지 못하고 무게가 되는 과정 속에서 나는 억눌리고 있었구나. 상담이 내게 아무런 도움이 되지 않았다는 뜻이 아니라, 내가 타인에게 내 몫으로 주었던 시간을 잘 끝마쳤다는 생각이 들었던 것이다.

그해 겨울 나는 무엇을 했나. 내가 내 방에 할 일이 있을 것 같다고 생각했던 좋은 예감은 무엇이 되었나 생각해보면 그때 시집《휴가저택》을 썼다. 혹한기 속에서 내게 남은 여름을 세어보며 썼던 시집. 무언가를 끝내고 싶은 절박한 마음속에서 시집을 집필하고, 나는 내가 얼마나 살고 싶어 하는지 확인했다.

혹독한 자기검열

어둠도 더는 들어찰 구석이 없을 정도로 빼곡한 밤이면 내게 벌어진 일들을 헤아려보곤 했다. 그것들은 대체로 어떤 결과를 다스리는 일이 되곤 했는데, 자책골을 넣은 축구선수의 얼굴을 하고 있게 되는 것이었다. 지독한 완벽주의자인 친구에게, 너는 너를 좀 헐렁하게 둘 필요가 있다고 조언하고 온 날이었나. 좀처럼 내게 너그러울 수 없는 시간이 찾아들면 잘되어가는 일을 믿지 못했다. 후회로 점철되는 밤마다 비밀스러운 체력 단련을 하고 온 사람처럼 다시 하루를 살아냈다.

시를 쓰면서 자기검열은 더더욱 심해졌다. 처음 생각했던 것에 미치지 못하는 시들을 몇 번이고 다시 썼지만 잘되지 않았다. 애초에 내 기대를 넘어설 수 없는 채로 세상에 드러나는 것이 작품일까? 어떤 것들은 시간이 해결해주기도 했다. 시간은 꼭 싸움을 말리는 사람처럼 나와 작품을 떨어뜨려놓고 생각하게 만들었다. 아무도 몰라줄 것 같은 이 싸움이 계속되자 나를 파먹는 구실로서 문학을 들먹이게 된 것인지도 모른다.

어릴 때부터 혼나는 것이 무척 싫었다. 시키는 대로 하면 칭찬을 받았으니까, 해야 하는 것이 곧 하고 싶은 것이었다. 똑바로 산다는 것에 대한 목록이 텅 비어 있던 내게도, 살면서 하나씩 추가된 나름의 기준이 있었다. 그 기준을 넘어서지 못했을 때의 좌절감은, 하루가 다 지난 캄캄한 밤에 나를 남게 하고는 반성하게 했다. 나에게 혹독했던 것은 주변 사람들의 친절하고 따뜻한 보살핌이 있어서였는지도 모른다. 누군가가 나를 호되게 혼내거나, 비난하거나, 가르치려고 했더라면 긴 터널의 밤에 들어서지 않았을지도 모른다. 어쩌면 나를 다독이는 데 더 많은 시간을 들였을지도 모른다.

밤에게서 건져올린 것들이 넘쳐나던 한 뼘의 젊은 시

간을 지나왔다. 회사를 다니고, 기나긴 아침을 살게 되면서 밤이 아니면 할 수 없는 것들, 밤이라서 용기를 낼 수 있던 것들을 심판하기 시작했다. 밤의 단두대에 오르는 나의 시들, 실수한 말들, 놓친 것들을 아침이 되어서야 풀어주었다. 죽이지 않고 살려주는 것이 더 혹독한 방식이었을지 모르겠지만, 나의 밤은 유독 짧아졌고 나를 스스로 호되게 구는 일도 그만두게 되었다. 그럴 시간이 없고, 그럴 힘이 남아돌지 않아서였다.

더욱 중요한 것은, 무언가를 위해 최선을 다하는 현재의 현장감을 최대한 만끽하는 것. 아침의 창문 밖 풍경을 보았다고 치자. 푸르른 나무 사이를 날아오르는 참새들, 우렁찬 엔진 소리로 도로를 꽉 채우는 자동차들, 마당을 쓸거나 이웃들과 인사를 나누는 사람들의 인기척 등 맑고 곡진한 이 아침 풍경에 대해 쓴다고 하자. 저녁이 되어 그것을 다루려고 할 때 너무 멀리 떠나온 느낌이 든다. 자격이 없다는 생각이 든다. 그때에만 할 수 있는 이야기를 지금은 이야기할 수 없는 사람의 솜씨로 다룬다는 것을 자격 미달이라고 생각했다. 그 시간을 살고 있는 사람에게, 그 시간에 대한 이야기를 맡길 수 있다는 규칙이 생겨나기 시작하면서 밤의 호주머니를 털어냈다. 밤이 되면 오히려 할 일이 없고 직업을 잃은 사람처럼 잠깐 한산해졌다.

시에 대해 강의할 때에도, 어떤 사람들은 시에 대한 지나친 강박과 자기검열로 괴로워한다. 그 괴로움을 견뎌야 자기 언어를 발견할 수 있고, 발견한 언어를 인내해야만 자기 세계로 진입할 수 있다는 말을, 글쎄 끄덕이면서도 잘 하지 않게 된다. 대신에 시 안에서의 도약은 자신이 즐거워하는 대목에서 가능하다는 것을 함께 이야기한다. 그것이 창작 과정에서 수반되는 고통을 적절히 감내하게 만드는 것, 번지점프나 무서운 놀이기구를 타는 마음으로 자신의 도약에서 설렘과 두려움을 동시에 간직하는 법을 함께 찾는다. 내가 시를 오래 써올 수 있었던 8할의 이유이기 때문에. 잘하는 것은 무척 중요하다. 이 바닥에서 잘하는 것은 오래 가는 비법과 흡사하기 때문이다. 잘하기 위해서 꺼내든 자신의 채찍이, 오래 가는 자신의 발목을 붙잡는 일이라고 생각한다. 그러니까, 한 치 앞만 보고 자신을 쥐어짜지 마셔요, 그런 말을 마음에 몇 번이고 반복해 적는다. 나에게 하는 말이기도 하니까.

느슨하고 헐렁한 생활을 유연성으로 믿게 되었다. 자

기검열의 밤에 느꼈던 딱딱하고 부러지기 쉬웠던 순간들을 떠올리면서 오랫동안 구부리는 힘을 길러보는 것이었다. 사실, 이것을 그만둔 건 어떤 계기나 이유가 분명해서가 아니다. 어느 순간, 나도 모르게 그렇게 되어버린 것이다. 충분히 밤을 헤맸으므로, 돌아가라는 지시를 받은 패잔병처럼 아침을 맞이하였고, 아침이 나쁘지 않았고, 나를 끈질기게 추궁하고 심판하려는 긴장으로 난무했던 밤을 지나오니 맑고 경쾌한 흥분이 남아 있는 것이었다. 나의 느슨함을 받아들일 때. 내가 지나온 직선들로 곡선을 발견할 때. 자기검열의 모래시계를 뒤집어놓았다.

빵 욕심

빵은 미래의 음식이다. 지금 당장의 허기짐으로 사놓고 나중에 먹는 것. 술 취한 여느 아버지가 사오는 검은 비닐 속 과자나 아이스크림과 다르지 않다. 지금 먹으려고 했지만 미래의 누군가가 대신 먹게 되는 알 수 없는 영역의 주전부리.

기분이 우울하면 괜히 빵을 샀다. 토핑이 잔뜩 있고 첨가물이 많은 빵을 골랐다. 빵 하나로 좋지 않은 기분을 날려보낼 수 있을 것 같고, 헛헛한 마음에 배고픔이 찾아오면 욱여넣고 싶었으니까. 항상 빵을 사다놓고 먹지 않아 버려야 할 때가 많으면 동생은 늘 잔소리한다. 먹지도 않을 빵을 또 사왔느냐고. 그땐 무언가를 덜컥 들킨 기분이 든다.

요즘에는 자주 기본에 대해 생각한다. 남들 눈에 띄기 위해, 삶을 새 얼굴로 각성하기 위해, 자질구레한 필요를 위해 치장해온 많은 것을 하나씩 벗으면서 기본이라는 거울 앞에 서는 것이다. 흰 티셔츠, 연필, 거울, 햇빛이 드는 집, 무제 노트, 공백, 잠드는 시간 같은 것들…… 그렇게 생활을 조금씩 지탱할 수 있게 만들어준 기본을 정돈한다. 물론, 그것을 톺아오를 더 넓고 풍미 가득한 세계를 꿈꾸며 살아가겠지만, 그렇게 현혹되어 기본적인 것들을 점점 잊어가겠지만.

어렸을 때부터 무언가가 첨가된 빵을 좋아했다. 학급 운동회 때 학부모회가 돌리던 소시지빵이나 소보로빵 같은 것들. 그냥 먹기에 시시한 식빵엔 꼭 잼을 발랐다. 빵마다 사연이 있을 만큼 빵을 좋아하게 되었고, 이제는 내가 원하는 빵을 위해 버스를 타거나 지하철 개찰구를 지나기도 한다. 이 빵에 대한 마음을 헤아리기 위해, 빵을 좋아하는 친구들과 빵을 먹으며 빵에 대한 독서를 하기로 했던 모임을 가진 적도 있었다.

대충 빵이 오랜 역사를 가졌을 거라고 짐작은 했지만, 책을 통해 살펴본 빵의 과거는 생각보다 깊었다. 이집트

케나문 무덤에는 벽화 하나가 그려져 있는데, 재료를 섞고 반죽해 빵틀에 넣는 제빵사의 모습이다. 기원전 1550년 무렵이라나. 더 거슬러 올라가면 메소포타미아 문명 때에도 빵은 존재했다. 인류 역사 속에서 가장 중요한 주식이었고, 동시에 문명과 문화의 바탕이기도 했다. 그래서 생각한다. 기본에 대해서. 많은 카테고리를 갖게 된 빵의 기본을 헤아리면, 어쩌면 빵을 더 좋아할 수 있을 것 같았다. 이 마음은 나의 다른 열정에 대한 은유가 되어주기도 했고, 치열했던 나의 20대를 정리하는 태도와도 닮아 있다.

미술 시간에 자주 그렸다. 바구니 달린 자전거 앞에 실려 있는 바게트의 형상을, 장바구니 사이로 우뚝 솟아오른 바게트를 막연하게 그리곤 했다. 바게트에 대한 인상은 그런 것이었다. 장보기의 필수품처럼 그려져왔던 바게트의 관습을 떠올리면, 빵의 기본적인 형태라고 생각해왔던 것 같다. 몇 년 전 베트남 여행을 할 때 매일 아침마다 반미Banh Mi를 사먹었다. 반으로 가른 따끈한 바게트 속에 각종 채소와 잘게 썰어 볶은 돼지고기 등을 넣어 먹는 샌드위치의 한 형태다. 바퀴 달린 간이 수레에서 이

것을 뚝딱 만들어내면 오토바이를 타고 출근하던 사람들, 종종걸음으로 출근하던 사람들, 등교하는 아이들도 그것을 사먹었다. 단돈 천 원으로 든든한 아침을 해결하는 풍경을 마주한 것이다. 그때 처음 바게트의 풍미에 빠졌다. 싱싱한 고수와 양상추의 아삭함도, 고기의 풍미도 모두 감싸고 있는 것은 아무런 맛도 나지 않는 바게트라는 것을. '빵 쪼가리'에 불과하지 않다는 것을. 풍만하고 단단한 식감으로 내게 알려준 것이다. 세계적으로도 가장 널리 알려진 프랑스 빵, 이제는 어떤 빵집에 들어서도 쉽게 찾아볼 수 있는 빵이다.

그런 의미에서 치아바타나 베이글도 무언가를 곁들일 때 쓰기 좋은 빵이다. 제각기 다른 나라에서 다른 사연으로 '기본' 빵이 되었다. 아무것도 곁들이지 않은 채로 먹기 위해 치아바타나 베이글을 잘 사먹지 않는다. 어릴 적 시시한 맛이 날 것 같았던 빵들 대신 온갖 맛있어 보이는 것들로 만들어진 빵을 골랐던 것처럼. 그러나 가끔 식전 빵으로 나온 이들을 대할 때는 기분 좋은 싱거움을 만끽하기도 한다. '입가심', 그러니까 이 기본적인 빵으로 맛에 대한 감각을 0으로 돌려놓고, 메인 요리의 풍미를 즐기는 것이다.

'기본'이 선사하는 단정하다는 감각을 놓치지 않으려 노력하며 살아간다. 갓 구운 치아바타를 손으로 뜯어 먹는다. 냉장고 속에 보관되던 치아바타 샌드위치에선 맛볼 수 없는 쫄깃함이 살아 있다. 사두고는 까마득하게 잊어버린 베이글을 무심코 한입 물었다가 둥근 돌멩인지 의심하는 바쁜 삶 속에서, 매일 기본적인 것들은 그렇게 너무 많은 장식 속에서 자취를 감추곤 한다.

심플, 베이직, 플레인, 미니멀…… 요즘엔 이런 단어들이 자주 머릿속에 배치되곤 한다. 철두철미한 입시 교육을 끝마치고 대학에 와 비로소 자유를 만끽하기 시작했을 때부터 온갖 잡동사니에 시달렸다. 버리는 만큼 샀고, 산 만큼 즐겼고, 즐긴 만큼 많은 것들이 다시 불어났다. 시를 쓰며 살아가는 생활도 그렇다. 처음엔 시만 쓰면 모든 것이 끝나는 줄 알았다. 시집을 내니, 우편 발송을 해야 하고, 주소록을 모으고, 반송된 책을 쌓아두고, 낭독회에서 시를 읽고, 친구들을 만나 축하를 받고, 정성스레 서명을 하고…… 부가적인 일이 많았다. 그럼에도 이 모든 일상에 최선을 다했다. 아마도 베트남에서 만난 반미처럼, 근사한 조화를 생각했던 모양이다. 회사 생활을 하면서도 '제자리'에 대한 갈증을 느꼈고, 그게 시를 쓰는 일이라는 걸

새삼스레 처음 깨달았던 것처럼.

　기본에 대해 다시 생각한다. 부가적으로 생겨난 많은 일들, 내가 부딪치며 깨닫고 흘리는 감정들, 사람들과 보내는 소소한 일상 모두가 나의 기본에서 태어난 것임을 잊지 않는다. 기본으로부터 켜켜이 쌓인 재료들을 맛볼 수 있는 것, 한 입 베어 물었을 때 그 조화를 음미할 수 있는 여유를 찾는다. 그래야만 나만의 바게트, 치아바타, 베이글을 부풀릴 수 있으니까. 그것만으론 좀 심심하지 않겠나 싶을 때도 있고 그것이 작게 부서져 내린 것들을 한데 감싸며 근사한 한 입이 되어줄지도 모르니까. 이를테면 나의 희망은 그런 것에 있다. 어쩌면 그런 것에만 있었으면 한다.

　정성스레 쌀을 씻고 안치며, 뜸 들이는 식탁 위의 쌀밥과도 같은 것이겠다. 바게트, 치아바타, 베이글 같은 빵들도 많은 맛과 풍미를 간직한 빵이 되기 전까지 식탁 가장 가까이에 두는 것 중에 하나였을지도 모르겠다. 처음 가보는 빵집에 가면 항상 기본 단위로 분류될 수 있는 빵을 사들고 온다. 이 집은 맛있는 빵집이야, 여긴 빵을 참 잘 만들어, 라고 말할 수 있는 것은 그런 기본적인 빵들에 대한 믿음 때문에 그렇다. 사람에 대해 생각할 때도 다르지 않다. 누군가에게 편지를 쓰거나 엽서를 적을 때, 온전히 그 사람을 불러오는 과정에서 그 사람의 가장 기본이라고 할 수 있는 것부터 말한다. 따뜻함, 조금 어두움, 해맑음, 수줍음…… 그런 것 아니면 처음 만난 날의 회상이나 첫인상으로 운을 띄우면서 이것저것 속내를 말해보는 것이다. 어떤 바탕을 이루는 것들, 어쩌다 계속 가지고 가게 된 것들, 눈동자가 자꾸 지우게 되는 것들, 그러나 아른거리는 것들의 맛을 이해하면 곁들이는 많은 것을 헤아려볼 수 있게 된다. 얼룩 하나 없이 깨끗한 흰 티셔츠를 안에 입었던 날, 작지만 온도나 습도가 적당한 곳에 있던 날이 무언가를 지탱한다고 믿어 의심치 않게 하는 이유를 이제는 좀 알게 된 것 같다.

차가운 스프레드를 들고서 공평하게 반으로 잘 잘린 베이글에 크림치즈를 묻힌다. 나머지 반은 아무것도 묻히지 않고 먹는 사람에게 묻는다. "그게 맛있어?" "이렇게 먹는 게 제일 맛있어." 이해할 수 없다는 듯 나는 듬뿍 크림치즈를 얹어 먹는다. "제일 중요한 건 식기 전에 먹는 것이겠지.” 그 사람의 말이 자꾸 맴돈다. 기본이 어렵다는 것, 삶의 기울기에서 치우치기도 쉽다는 것, 금방 잊히고도 갈망하게 된다는 것, 입속에서 곱씹어본다. 아는 것을 다루는 게 제일 난감하다. 이 심심한 맛이 단맛으로 느껴질 때까지, 곱씹지 않으면 영영 모를 것 같은 맛을 위해, 천천히 꼭꼭 씹어본다.

미니멀리스트가 되는 꿈

예쁜 잡화점 하나가 있다. 거리에 내놓은 매대에는 귀여운 과일 모양의 수세미가 있다. 하나에 3천 원. 세 사람은 그것을 구경하면서 각자의 행동을 한다. 한 사람은 지갑을 열어 지폐를 세어보고, 한 사람은 한참을 만지작거리다 내려놓고, 한 사람은 그것을 사려는 사람에게 묻는다. "집에 수세미가 없어 설거지를 못하고 있나요?"

나는 지갑을 열어 수세미를 사는 사람이다. 물건이 너무 많아서, 잦은 이사를 한 것만큼 미니멀리스트를 꿈꿨던 사람. 한때는 미니멀리스트에 관련된 다큐멘터리를 찾아보면서 마음을 다잡기도 했지만, 옷걸이에 1년 내내 입는 옷이 여섯 벌만 걸려 있는 사람의 이야기를 들으면서, 반은 신기해했고 반은 난감해했다.

미니멀리스트가 물건을 덜 가지고 있는 사람이라는 오해부터 버려야 했다. 대부분의 미니멀리스트는 자신의 삶 자체의 간소화를 선택했으니까, 형태가 없는 가치를 더 짊어진 사람에 가까웠다. 물건으로 어떤 마음을 확인하거나 채워야 했던 나와는 정반대에 있는 사람들이었다. 맥시멀리스트가 되어볼까? 그런 생각에도 용기가 없는 나는 어정쩡하게 사두었던 수세미를 가방에 놓고 몇 날 며칠은 까마득하게 잊어버리는 사람이었다.

내 주변 사람들은 두 부류로 나뉜다. 하나는 사고 싶은 게 너무 많은 사람, 하나는 소비 욕구가 거의 없는 사람. 나는 되도록 이 두 부류 속에서 균형감을 잡으려고 한다. 정말 사고 싶은 물건이 있지만 당장 필요하지 않은 게 있다면 소비 욕구가 거의 없는 사람에게 부러 묻는다. 호되게 거절당하기 위해서. "이 쓰레기 같은 걸 돈 주고 산단 말이지?" 그런 말을 듣고 며칠 유보하다가, 끝끝내 생각을 접지 못하면 사고 싶은 게 너무 많은 사람에게 물어본다. "고민은 배송을 늦출 뿐!"

어지러운 서랍 속에 있는 것 같았던 20대에는 정말 많은 물건을 사고 버렸다. 똑같은 것을 반복하고 싶지 않아서 계절마다, 기분마다, 어떤 상황 변화에 따라서 물건을 샀다. 다 짊어지기에는 물리적인 한계가 있어서 자주 버려야 하는 선택을 했는데, 버리는 것을 아까워하지 않았다. 그건 무언가를 사는 기회를 놓치는 일이기도 했으므로. 적당히 정리된 물건을 짊어지고 살게 된 30대에는 품질이 좋고 어느 시간과 분위기에도 잘 휩쓸리지 않는 무난한 물건을 사고 싶어 한다. 컵 하나에 생수와 녹차와 커피를 담아 마시는 사람이 있고, 마시는 음료에 따라 컵을 고르고, 누구와 어디에서 어떻게 마시느냐에 따라 또 컵을 나눠 고르는 사람이 있다. 취향은 디테일이라고 했던가. 선별되고 또 선별되어 고른 물건이 내 시간을 채우고 나는 그 기쁜 출렁임 속에서 만족하던 사람이었으니까, 미니멀리스트에 소질이 없기도 하다.

배낭 하나 메고 훌쩍 떠나는 여행을 동경하기도 했다. 너무 많은 짐을 들고 출발했기에 돌아올 땐 부러 무언가를 버리고 오지 않으면 감당이 안 되었던 나는, 가볍고 단출한 삶을 늘 동경하긴 했지만 나는 그런 삶을 살 수 없다는 것을 알아야만 했다. 그렇지 않으면, 갖고 싶은 게 많은 내 취향에 이름 모를 죄책감을 가지기도 했으니까. 환경 문제나 낭비, 소모에 관한 기준을 세우는 일은 조금 다른 일이긴 하지만 아주 조금씩, 느리게 줄여가고 있다. 구체적이고도 아름다운 어떤 취향들이 건네주는 기쁨을 포기할 수 없으니까 나는 언젠가 샀던 사과 모양의 수세미를 꺼내어 새로 산 유리잔을 씻어 헹군다. 이 유리잔과 저 유리잔은 뭐가 달라? 라고 하면, 성급하게 달려오는 대답의 발꿈치들. 미니멀리스트가 단지 물건에 대한 소유로 판가름할 수 있는 것은 아닐 테다. 물건에게서 필요성을 보다 자주, 많이 느끼는지 따졌을 때 나는 내가 다양한 것에서 필요성을 느끼는 것에서 삶의 활력을 느낀다. 다채로움이 만드는 조화로움이 좋다. 다양한 물건을 통해 나의 구체성을 확인하는 일까지. 이것이 미니멀리스트를 시작하기도 전에 그만둔 이유이기도 하다.

재난 속에서 주눅 들기

스팸 문자의 첫 문장은 무사하십니까, 였다. 하마터면 눌러볼 뻔했다. 그런 인사가 어색하지 않은 시절을 살고 있기 때문일까. 코로나19로 뒤엉킨 세상이다. 공원의 어르신은 자신이 너무 오래 살았다며 책망하고 있었다. 기나긴 독감 주사 접종 줄에 서서 인터뷰를 하는 모습이었는데 씁쓸했다.

재난 시대에 접어들면서, 공교롭게도 많은 일감을 얻었다. 누군가는 직장을 잃고, 누군가는 가게를 폐업하였지만 쓰는 삶에 있어 부흥기를 맞이하였다. 아이러니한 것이었다. 세상이 어떤 슬픔에 대해 듣고 싶다는 이야기이므로. 슬픔을 요청하는 일이 많아진다는 것은, 곧 내가 일을 많이 하게 된다는 것. 응당한 응답을 보낸다. 원고 말미에 이렇게 적으면서. 무사히 지내시길 바랍니다.

오가는 동선이 짧아졌으므로, 자주 먹던 레몬 케이크를 잃었다. 작은 선물과 엽서를 내밀 줄 아는 다정함을 잃었고, 하이파이브를 잃었다. 침 튀기며 호탕하게 웃을 수 있는 유머를 잃었고, 여럿이서 모여 담배를 피우러 잠깐 나가는 잔머리를 잃었다. 악수하는 예의를 잃었고, 태국에서 보낼 휴가를 잃었고, 뷔페에서 몇 접시나 먹을까 하는 배부른 소리를 잃었다. 카페 창가 자리에서 멍 때리는 여유를 잃었고, 명절에 고향에 가지 못하는 기차표를 잃었다. 나날이 잃어가는 것들 속에서 바람 빠진 풍선을 자처했다. 주눅이 들었다.

2년 동안 수업을 해오던 외부 강의도 중단이 되었던 봄. 그곳에서 다시 수업을 요청해왔다. 비대면 수업이었다. 하나는 화상회의앱으로 사람들을 만나 시에 대해 말하는 수업이 열렸다. 다른 하나는 이메일을 통해 서로 편지를 보내며 작품에 대한 피드백을 주고받는 수업. 생각보다 성황리에 모객이 되었고 그 수업을 마무리해가는 중이다. 만난 적 없지만, 만났다고 말할 수 있는 이 신비로움을 수십 년 뒤에 어떻게 설명할 수 있을까. 결국, 우리가 무사했으므로 가능했던 일이라고 영웅담처럼 떠들게 될까. 그때 코웃음 치는 아이들은 마스크를 쓰고 있지 않게 될까. 손에 잔뜩 소독제를 올려두고는, 파리처럼 손을 비비지 않게 될까. 머나먼 일은 상상이 잘되지 않는다. 오늘도 예측되지 않는 삶이므로 '코로나 라이브'에 들어가 시간마다 새로 고침을 한다. 숫자로 올라서 서서히 병들어가는 사람들이 100명에 가깝다. 슬픔을 집계하는 숫자가 매일 달라진다는 것이 많은 것을 잃어가는 생활을 적응하게 만든다. 그것이 최선이라는 것은 집계되지 못한 슬픔 중 하나이다. 이 시대를 살아가는 인간의 장신구다. 시에 쓰지 못하고 최종적으로 탈락하는, 너무 가까운 슬픔이다. 그래도 우리에게 약속이 있으니까, 퇴근길에 김밥 한 줄을 사다 허겁지겁 먹고, 잘 충전된 태블릿 pc를 켜고 입장한다. 가만히 있어도 우리가 닿을 수 있다는 것. 언어를 기만하지 않고, 언어의 목줄을 따라다니다가 만나는 것.

사람들은 메일 말미에 건강을 잘 챙기라고 인사한다. 흔한 인사치레 중 하나였지만 그 말을 믿고 싶어 한다. 그 말을 실천하고 싶어 한다. 절실함이 임박했다는 사실을 깨닫는 순간, 건강하지 못하다는 것을 알아차리게 된다.

어디론가 가게 되면 우리는 발열 체크를 하고 체온을 들킨다. 아무 데서나 사는 곳과 이름과 연락처를 적는다. 우리는 서로에게 닿기 위해 각자의 자리에서 만남의 장소로 접속한다. 그것이 불편하였으나 이제는 약속을 통해 우리가 이어져 있음을 확인하는 일이 중요해졌다. 언어는 그런 점에서 나의 쓸모를 보호해주었다. 시인은 언어로 남긴 자리를 떠난다. 언어만 남겨진 자리로 누군가가 들어서고, 그 누군가는 또 어디선가 자신의 언어를 남긴다. 언어가 내어주는 정류장만이 지금 가장 질주해볼 수 있는 노선이다.

계속해서 말하고 싶어지는 사실은 하나다. 이 세계에 대해, 이 세계로 초대된 슬픔에 대해. 우리의 무사함을 위해 지금의 가장 벌어져 있는 상처에 대해 말한다. 시인은 그 발화를 수행한다. 다섯 살 어린아이도 마스크 없이 그네를 타러 갈 수 없다는 것을 안다. 마음이 여릴수록 슬픔에 대한 학습력이 뛰어나다. 절망을 겪고 싶지 않아서 작은 요람에서 깨어나 제일 먼저 마스크를 쓰고 창밖을 본다.

오늘은 안 된다고 말하는 부모의 말이 아이에게 청천벽력이라면 우리의 안쪽에는 말이 쌓이게 된다. 얼굴이 아니라 말로 울게 된다. 젖은 단어들이 사는 내내 맺히게 된다. 우리는 이제야 그것을 꺼내려고 한다. 슬픔이 슬픔으로 이어진다는 것을 뒤늦게 깨달은 인간이 시를 쓴다. 쓴 시는 정해진 시간 없이 모일 수 있는 작은 탁자와 다르지 않다. 거기에 앉아서 사람들을 기다린다. 왔다 가는 사람들의 문턱을 보며 무사하기를 바라며, 그 또한 나의 안녕을 비는 일과 크게 다르지 않다. 나의 문학이 생활의 파편 위에서 까치발을 들었으면 하는 것이다.

화면을 켜고, 어색한 미소를 지으며 얼굴의 일그러짐을 편다. 아주 작은 버퍼링이 생기는 말들 사이 속에서 우리는 최대한 끄덕인다. 우리가 연결되어 있음을 확인하기 위해서. 우리는 만나고 있는 것이다. 만날 수 없어도 약속이 있기 때문에 가만히 있어도 자꾸만 어디로 가는 것이다. 여기에 빈 의자들이 놓여 있다. 떠나간 사람이 아니라, 다시 돌아올 사람을 기다리는 빈 의자들이.

바다에 대한 설명

내 이름으로 된 책을 내고 나면 꼭 바다에 갔다. 바다는 거대한 무덤 같아서, 아무나 잡고 고해성사할 수 있어서 좋았다. 저 왔어요, 하고는 인기척 없이 다녀가는 것이다. 바다라면 할 말이 아주 많다가도, 이내 무얼 말할 수 있을까 침묵을 지키게 된다. 바다는 나를 곤란하게 한다. 곤경에 처하게 만드는 걸 잘 알면서도 자주 바다 앞으로 찾아가 엎드린다.

　매일 해변에 출석하던 때가 있었다. 몸에 물을 묻히긴 싫고, 해변을 떠나면 딱히 할 것이 없는 섬에서 사람들을 구경했다. 이곳에 있는 사람들이 아무도 나에게 말을 걸지 않고, 물놀이 하지 않고, 호객행위를 하지 않았다. 백사장에 상주하는 흰 개도 꼬리를 흔들지 않았고, 비가 와

서둘러 해변을 떠나지 않았고, 누군가에게 전화가 걸려 올 일도 없었다. 그 무료함을 거대하게 펼쳐놓으니 마치 바다와 대결을 하는 기분이 들었다. 바다가 신난 게 아니라 바다에 빠진 사람들이 신난 것이었으므로. 텅 빈 들썩임을 겨루고 있는 것만 같았다. 바다는 빗댈 것이 많아 좋았다.

고등학교 때 시를 써서 국어 선생님에게 찾아가던 날이었다. 선생님은 내가 시에 쓴 '포말'이라는 단어에 대해 물었다. 이런 단어는 어떻게 아느냐고. 바다, 파도, 모래, 수평선 그런 건 많이 썼으니까 바다가 내게 알려준 것이 많아서 나도 바다에게 알려주고 싶은 게 있었던 모양이다. 그런 마음으로 시를 쓰면 꽤 낭만적이고 뿌듯했다.

거짓말을 보태자면 살면서 바다를 싫어하는 사람을 본 적은 없다. 바다라면 지긋지긋할 법도 한 섬사람 친척들도 오랫동안 섬에 살았다. 내가 처음 기억하는 바다는 이름도 모를, 서해안의 바다였다. 누군가 오줌을 잔뜩 싸고 간 것처럼 뿌옇고 짜기만 했던 바다. 바다의 부표들이 외로워 보인다고, 가까이 가보자고 했다가 튜브를 타고 잽싸게 다시 백사장으로 돌아오던 어린 시절의 이야기다.

대학교에 입학해서는 인천 을왕리에 가서 바다를 구경했다. 시를 쓰는 친구와 소설을 쓰는 친구가 있었다. 슈퍼에서 파는 낚싯대를 사서 바다에 내던졌는데 아무것도 잡히지 않아 허탕치던 밤이었다. 무엇이 있을 거라 생각하고 바다에 갔기 때문에 우리는 실망하고 돌아왔다. 그래도 좋았다. 바다에 가지 않았어도, 분명 어디엔가 머리를 들이밀고 악몽을 꾸었을 테니까.

이제는 책을 내도 바다를 보러 갈 수 있는 시간이나 여유가 없다. 그래서 얼마 전에는 특별한 이유 없이 사랑하는 사람과 무작정 바다에 갔다. 우리는 소나무가 우거진 산책로를 걸었다. 소나무 사이사이로 파도가 요란하게 치고, 하늘과 바다, 모래와 소나무 숲으로 이어지는 색깔의 층계참이 아름다워 보였다. 다리가 아프다고 거짓말하면서 벤치마다 모두 앉아보았던 것 같다. 그때 내 시를 읽어주고 싶었다. 마감을 앞두고 있던 시 몇 편이었다. 조금 쌀쌀한 날씨여서 시를 급하게 읽었다. 소리 낼 때마다 입김이 터져 나왔다. 시를 다 읽고 난 뒤 카페에 가는 길 시작 메모를 남겨두었다.

이 이야기를 잃어버리지 않을 자신이 있다

사랑의 초보자라면 이 문장을 영원한 사랑 정도로 이해할 것이겠지만 초보임에도 불구하고 이 문장을 다른 의미로 적었다. 그때 밤에는 거대한 보름달이 바다 위에서 출렁거렸다. 우리는 바다가 내다보이는 카페에서 커피를 마시다 말고 내려와 밤바다를 오랫동안 구경했다. 폭죽 터트리기에 자꾸 실패하는, 그러다가 오발탄처럼 시시한 폭죽에도 환호성을 지르는 사람들 사이에서 잃어버리지 않을 자신이 있는 이야기에 서 있는 기분을 느꼈다.

바다 위를 비추는 달빛을 따라 걸어가고 싶었다. 그러면 죽는 거야, 라고 누가 소리치지 않아도 알 수 있었다. 죽고 싶지 않은 사람들이 더 많이 찾아오는 바다를 의심한 적은 없다. 그래도 죽지 않으려고 애쓰는 사람들이 잃어버리고 싶은 이야기를 묻어두고 간다는 생각에 바다를 무덤이라고 느낀다. 살아 있는 것들의 무덤이라고 하면 쓸쓸해질 것 같으므로 사랑하는 사람에게는 그런 말은 하지 않았다. 우리는 말없이 그것을 지켜보았다.

바다에 대해 이야기하거나 글을 쓸 때마다 항상 마지막이라고 생각한다. 다시는 말하지 말아야지, 그만 말해야지 좋아하는 것에 대해서는 늘 그런 각오를 한다. 스스로에게 너그러워지고 싶은 마음을 그만 갖고 싶은 것이기도 하다. 바다는 항상 나를 느슨하게 길러왔다.

그래서 언젠가는 아무런 이유도 없이 바다에 가고 싶다는 생각을 하지 않게 될 수도 있다고 생각한다. 바다가 안 보이는 도시에서도 성실하게 잘 살아갈 수 있으리라고 믿는다. 좋아하는 것에 대해 기대를 지우는 것은 선의일까 악의일까.

사람들 저마다 바다를 담은 어항을 키우며 산다. 그 속엔 아무것도 살지 않고, 단지 바닷물이 출렁거린다. 그 출렁거림 속에서 일그러지는 자신을 본다. 또렷하게 보기 위해 그 어항이 출렁거리지 않도록, 스스로를 다독이려고 한다. 평정심을 찾으려고 애쓴다. 바다가 어항 속에서 흘러넘치다가 아무것도 남지 않으면 그때부터 슬픔이 차오른다. 무한대로. 무한대로. 무한대로.

잃어버리지 않을 자신이 있는 이야기가 있습니까? 하고 묻고 싶다. 그건 바다를 쥘 수 있는 악력이 되기도 한다. 출렁거려 넘쳐흐르는 와중에도 가장 밑바닥에 고여 있는 바닷물인 셈이다. 그것도 바다라고 부를 수 있는가. 그것도 바다라고 부르면 안 되나.

이 글을 통해 아주 오랜만에 포말이라는 단어를 썼다. 한동안 쓰지 않았던 단어였는데 이유는 모르겠다. 내가 그 단어를 잊은 게 아니라, 그 단어가 나를 잊었다는 느낌이 든다. 빠져 죽는 상상보다 말라 죽는 상상에 더 가까워진 내 어항에 담긴 바다를, 나의 얕은 수심과 슬픔을 기어코 바다는 말하게 만들었다. 그래서 이제 바다에 대해 그만 말하기로 한다.

밤을 서성이기

부연해지는 밤이 찾아오면 충실하게 응답했다. 보고 싶은 사람에게 불쑥 전화를 걸거나 기나긴 편지를 시작하는 일은 언제나 밤에 하기에 좋았으므로. 남들보다 밤을 좀 더 길게 쓰면서 쓰는 일도 했다. 밤의 명령을 듣는 것처럼 낮 동안엔 엎드려 있던 나를 흔들어 깨워 잠들 무렵이 되어서야 겨우 흰 종이를 서성거릴 수 있었다. 그런 시간이 오래될수록 건강은 나빠졌다. 쓰레기를 수거하는 차가 골목으로 들어올 때야 겨우 잠들었으니까, 아마도 밤을 좋아했던 것 같다. 밤의 그 부연해지는 일을 사랑했던 것이다. 간단하고도 명료하게, 정확하거나 신빙성 있게 살아야 하는 낮과는 달리 밤은 느슨해져도, 묘연해져도 상관없었다.

최근에는 아침에 시를 쓴다. 어쩔 수 없는 상황 때문이다. 이른 아침 출근을 하기 시작하면서부터는 일찍 사무실에 도착해 업무 전까지 잠깐 시 쓰는 일을 하는 것이다. 아침이 길어진 만큼 밤은 자연스럽게 짧아졌다. 졸린 얼굴을 한 것은 아침이나 밤이나 다를 바 없었다. 그러나 얼굴 다음에 내려앉는 것들이 달라졌다. 늦게 잔다는 죄책감이나 하루를 엉망으로 살았다는 반성과는 다르게 아침의 졸린 얼굴 다음에는 무엇이든 할 수 있는 민낯이 내려왔다. 민낯이라는 것은 솔직해질 수 있는 시간이었다. 하고 싶은 것과 하려는 것이 이제 막 시작하려는 그 시간이 나를 풍부하게 만드는 것이었다.

평일에는 직장인의 몸으로 살았으므로 주말 동안엔 조금 더 늦잠을 잘 수도 있지만 몸의 기억력 때문에 일찍 일어나게 된다. 한 주 동안 적어 내려간 것들을 인쇄해서 탁자 위에 올려놓는 주말 아침은 창문에 들이닥치는 햇살과 그 덕에 천천히 식어갈 커피 한 잔, 잘 깎아놓은 연필과 꿈 어딘가에 두고 왔을 온갖 마음들로부터 개운해진 눈동자가 있었다. 시가 잘 보이는 순간인 것이다.

밤중을 서성이는 나는 아픈 사람과 다르지 않았다. 그래서 밤엔 아픈 줄도 모르고 쓴 것들을 다음 날엔 알아차리지 못했다. 아침이 있는 삶을 살게 되면서부터 시에 고칠 것이 보인다든지, 내가 무엇에 다치고 부러졌는지를 정면으로 볼 수 있게 되었다. 그것을 똑바로 쳐다볼 수 있는 시간은 오직 아침뿐이었다. 저녁에 지어놓은 문장이 아침에서야 다 식어 형편없이 보이게 되는 일이 조금 우스웠지만 그 수치스러운 기쁨을 아침에만 누릴 수 있다는 것에 기뻐했다. 그 후로는 급한 일이 있지 않는 이상 아침에 글을 쓰거나 고치고 있다.

세상 모든 사람들이 잠들어버린 것만 같은 깊은 밤에, 나 홀로 깨어 있다는 기분을 실감하면 용감해질 수밖에 없었다. 그 용감하고도 무모함으로 써내려간 문장들에 기대어 건너온 시간이 어느 순간 외로운 얼굴을 하고 있었다. 그 외로움을 부대껴야 하는 시간이 두려워서 아침을 좋아하게 되었는지도 모른다. 어두운 밤 속으로 홀로 걸어 들어가지 않겠노라 다짐했다. 그 기나긴 터널을 혼자서 헤매지 않기로. 하루 종일 많은 것들을 소진하고 닳아버린 연약한 나를 밤에 혼자 내버려두지 않기로 한 것이다. 이제는 그 어둠 속에서 봤던 것을 써야 한다는 마음뿐이다.

  아침에 부스스한 얼굴로 책상에 앉아 무엇이라도 적어보려고 할 땐 밤에 깨어 있었다면 끼적였을지도 모르는 그 부연한 마음을 적지 않게 되었다. 시가 맑아지는 순간을 기다렸다. 아침 시의 맨 얼굴을 넌지시 바라보면서 처음으로 묻게 된 것이다. 내가 하고 싶은 말이 무엇인지, 기나긴 꿈을 끝마치고 갓 태어난 얼굴을 하고서는 하고 싶어 하는 이야기가 무엇인지를.

  눈 뜨자마자 쓰게 되는 것이 있다면 그것은 정말로 하고 싶었던 이야기가 아닐까. 밤을 꾹 참아낸 말이니까. 이웃들이 대문을 열고 하루를 시작하는 인기척을 듣는 시간에, 밤이 다 지나도록 끝까지 남겨진 희미한 이야기를 받아 적기 시작한다. 하루가 시작되는 것이 두려웠던 나에게도 계속 시작하려는 인기척이 있었다. 아침이면 홀로 고요히 깨어나기 시작하는 것이다.

사람을 잃었다고 생각하는 일

사람을 가져본 적도 없으면서 잃었다고 말하는 일이 종종 있었다. 사랑이나 우정이 끝난 자리에서.

지금껏 받아온 편지를 거의 다 모아둔 편인데, 그것은 악취미일까? 과거에 자주 발목 잡히는 나는 가끔 그 편지들을 꺼내어 읽는다. 지금은 정확히 헤아릴 수 없지만 그때 내게로 도착했던 응답들을 읽는다. 대체로 좋은 내용이 많다. 내가 잘 지내었으면 하거나 건강하기를 바라는 마음, 고마운 마음. 그런 것들이 번지지도 않고 잘 적혀 있다는 것이 이상하다. 나도 이만큼 무언가를 적어 보냈겠지 싶으면 묵묵부답의 시간이 흐른다. 편지는 향기 나는 무덤이다. 종종 나도 모르게 찾아오곤 한다. 이 사람들은 모두 어디에 있을까? 잘 지내고 있을까? 나는 혼자서 너무 많은 안부를 세어보다가 잃어버린 나를 데리고 오는 시간 속에 머무르기도 한다.

얼마 전 비대면으로 진행하는 영화 모임에서 '관계'에 대한 이야기를 나눴다. 이를테면, 관계에 늘 부침이 있어서 자꾸 취미가 늘어나는 사람, 애초에 사람에 대해 기대감을 갖지 않는 사람, 함께 갈 수 있는 관계 속의 방향성을 고민하는 사람. 사람을 겪어오면서 자신의 처신을 결정한다. 덜 다치고, 덜 아픈 쪽으로. 손에 꼽을 만큼의 사람만이 남지만 그들과도 잘 지내는 게 쉽지 않다. 사람 없이도 살 수 있을까? 그럴 수 없으니까 사람에게로 질문을 보낸다. 이따금 늦고, 때로는 너무 섣부르게 오는 답장을 사람에게서 받기도 한다.

특히 사랑이 끝난 뒤에 오는 어떤 상실은 이루 말할 수 없이 크다. 한 사람이 다녀간 자리가 텅 비어 있고, 그것을 무엇으로든 채우려고 하지만 잘되지 않는다. 함께했던 시간을 이제는 각자의 방식으로 정리하고, 그 상실감을 서로 다른 포옹의 형태로 끌어안는다. 어제는 잘 잤는지, 밥은 먹었는지 물어볼 수 있었지만 내일은 그럴 수 없게 된다. 내게 오래 머물러 있던 사람이, 나를 지나쳐 흐르게 된 것이다. 그래서 잃어버린 것은 아니다. 여전히 남아 있는 것이 있으므로. 분실과 상실은 엄연히 다르다.

　우리는 사람들과의 관계 속에서 작은 안간힘을 쥐고 있다. 너무 멀어지지 않도록, 서로를 침범하지 않도록 좋은 교차로를 잇는 노력을 한다. 그런 거리감이 유실되면 사람과 사람은 서로를 지나치게 된다. 한 번 지나면 돌아오기 힘든 거리에 서 있는 것이다. 학교 끝나면 친구네 집에서 매일같이 라면 끓여 먹었던 기억이 좋아서, 연락이 두절되었던 친구를 수소문해 연락했던 적 있었다. 아무것도 할 수 없는 말줄임표는 길어져 갔다. 사람 사는 것이 다 그렇지, 그런 무자비한 말을 다정하게 주고받으면서 다음을 기약했지만 너무 멀어진 시간을 데려오기 위해선, 그만큼의 시간이 필요할 것이다.

　나의 작고 초라한 대합실에는 기름 난로 하나가 켜져 있다. 기름 냄새를 풍기지만 바깥의 추위는 날이 갈수록 날카로워져서, 잠시 들어와 손을 녹이는 사람들이 있다. 사람에게서 영원함을 기대하지 않게 되었다. 단지 지금의 곁에 곁을 포개고 있는 사람들의 얼굴을 생각한다. 조금은 배고픈 얼굴, 조금은 지친 얼굴을 하고 있지만 우리는 너무 멀지도, 가깝지도 않게 앉아서 기름 난로의 온기를 느낀다. 서로를 잃어버리는 것이 아니라, 나와 다른 차표의 행선지로 가는 기차가 먼저 온 것일 뿐이다.

겨울을 원망하는 마음

마음이 가난해질 때면 나는 나의 적이 되기도 한다.

겨울에는 그런 증상들이 나날이 깊어져 간다. 혹독하다는 말이 가장 잘 어울리기도 한 날들이다. 겨울이란 많은 것을 내버려두게 만든다. 그게 마음에 찾아오는 고난의 근원이고, 무기력함을 온몸으로 느끼는 순서로 혹한기에 들어서게 될 때가 있다.

날 선 말들을 골라 깊숙이 들이밀면 그것이 허를 찌르는 일에 불과하다는 것도. 따뜻한 것이 식어갈 동안 아무런 생각을 하지 않는다. 그것이 이 상태에 가장 도움이 되기 때문이기도 하다. 겨울에는 걷다 말고 주저앉아 주차된 자동차 밑을 본다. 고양이가 있다. 웅크리고 앉아서, 사람들의 지나는 발목을 보는. 그 발재간이 뜸해지면 막 주차된 따뜻한 자동차 밑을 찾아 나선다. 몇 걸음 걷는 일에도 온갖 신경을 뻣뻣하게 세워야 하는 운명인데, 그것을 감히 불행히 여기지도, 연민을 갖지도 않는다. 그 처세에 내 마음을 빗대는 일은 더더욱 없다.

겨울이면 자동차에 시동을 걸 때 보닛을 두드려 차 밑에 혹시나 있을 고양이를 내보내야 한다고 사람들은 말한다. 어떤 시인은 문학상 상금을 몽땅 털어 거리의 고양이들의 사료와 집기를 산다. 고양이를 괴롭히고 죽이는 비일비재한 일들로 하여금, 사람들은 분노를 금치 않는다. 누군가는 고양이와 십수 년째 살고 있고, 누군가는 겨울만 되면 거리를 떠도는 고양이들을 생각하느라 잠을 이루지 못한다.

당신에게서 이번 겨울은 춥지 않아 다행이라는 말을 들었다.

짓궂게도 더 추워져 눈이 펑펑 내리면 좋겠다고 말했는데, 당신은 단호히 고개를 젓는다. 우리의 대화 속에는 아주 희미한 입김만이 남아 있다. 이유는 묻지 않는다. 당신이 가방 앞주머니에 늘 챙겨 다니는 고양이 사료와 간식이 있다는 것을 잘 알기 때문이다. 그렇게 만반의 준비를 한 날에는 고양이를 쉽게 만나지 못하게 된다.

어느 날 빈손이었을 때, 당신 앞에는 아주 작고 하얀 고양이가 나타났다. 배를 곯았는지 뼈가 앙상하고, 아직 인간을 경계하지 않는 것을 보아 어린 고양이었다. 당신은 부리나케 편의점으로 달려가 고양이에게 줄 것을 사 왔지만 고양이는 이미 어디론가 사라지고 없었다. 준비된 마음이 준비되지 않은 마음을 쫓는 것은 오히려 어려운 일이다. 준비되지 않은 마음이 준비되지 않은 마음을 뜻밖에 만나는 일보다도.

당신에게 고양이 이야기를 했었다.

태국 치앙마이로 휴가를 떠났던 날의 이야기. 비가 억수로 쏟아지는 날, 숙소 앞에서 담배를 피우고 있었을 때 나무에 무언가 매달려 있는 것을 보았다. 새끼 고양이었다. 너무 무서워서 감히 내려오지 못해 망설이는 듯했다. 비는 계속 쏟아지고, 어쩔 줄 모르겠어서, 몸을 꼿꼿이 세워 고양이 쪽으로 다가갔다. 그리고 고개를 숙였다. 몇 초후 고양이가 내 목을 짚고 사뿐히 내려오는 것을 느꼈다. 고양이는 그 후로 내 숙소를 떠나지 않고 침대까지 침범해 잠도 자고, 같이 소파에 앉아 쉬기도 했다. 이름도 모르는, 어디서 왔는지는 도무지 알 수 없는 뜻밖의 손님 덕분에 예정되어 있던 일정을 취소했다. 마음을 분주하게 만들어서 잊고자 하는 게 있었는데 고양이는 내 숙소의 부엌에서, 내가 바깥에 잠깐 나갈 때도 내 곁에 머물렀다. 숙소를 떠나는 날에도, 양치질하는 나를 욕실 문턱에 기대어 지켜봐줬다. 멀리 가는 나를 배웅이라도 한다는 듯이, 이 모든 것이 나의 착각일지라도 나쁠 게 없었다.

마음을 둘 곳 없는 모든 날을 겨울이라고 불렀다. 가난한 마음이 꼬리 달린 것들에게로 달려가 이름이 될 때가 있었다. 아…… 내가 그랬었구나, 아…… 나만 몰랐던 것이구나, 하고는 입김으로 하려던 말을 대신하던 때가 있었다. 때로는 말이 통하지 않는 상대를 찾을 때가 있다. 거리의 고양이나 개를 보면서 면벽을 하면서, 악몽의 비탈을 타고 노는 잠 속에서 생각보다 괜찮은 일이 되어간다고 느낄 때가 있다. 말들이 행방을 잃고 내 안에서 꼬리에 꼬리를 물고 동심원을 그릴 때. 어디론가 뾰족하게 솟

아나지 않고 서로를 껴안고 형태가 될 때. 고양이에게서 그런 평정심을 배우기도 했다.

추운 겨울이 지나고, 봄이 오면 살 것 같다고 습관처럼 말하는 당신에게 겨울이 얼마나 혹독했냐고 묻지 않았다. 당신이 걱정하는 것은 창문 너머에 있기에, 담벼락 너머에 있기에, 눈이 닿지 않는 풍경 속에 있기에. 이름 모를 고양이를 보면 눈을 질끈 감는 인사를 건넨다. 고양이의 행색을 꼼꼼하게 살피고, 다음에 또 만났을 때 처음이 아닌 것처럼 굴고 싶어진다. 마음에 무언가가 차오르면, 나는 나의 안쪽을 보려다가 바깥쪽을 볼 수 있게 된다. 둘레를 헤아리게 되고, 깊이를 이해하게 되며, 전체를 감각하는 순간을 만난다.

그때 나는 굉장히 작아진다. 거대한 나무 밑에서 어린 고양이에게 발 디딜 곳이 되어주려는, 겨우 고개 숙인 사람이 되어서는 작은 도움을 줄 수 있어서 고마워하는 알량한 인간이 되어서는 혹독한 시간을 삽시간에 흘려보낼 수 있게 된다. 잠깐이지만 잊게 된다. 어두운 자동차 밑을 들여다보면 아직도 이 세계와 낯을 가리는 어린 입김들이

서려 있다. 그것들을 온전히 생각하는 일로 하루를 보낼 수도 있다. 나의 경우와 당신의 경우를 헤아릴 수 있다. 인간의 할 일에 대해 생각할 수도 있다.

어린 것들이 발자국을 남기고 지나간 겨울의 행색을 본다. 추웠고, 혹독했고, 나눠줄 것 없이 빈약했기 때문에 우리가 우리에게 남긴 것이 더 선명하다는 것을, 밤에 부지런해지는 어린 것들에게 전하고 싶다. 출렁이는 밤, 애써 잠에 닿지 않으려는 것들에게도, 기나긴 겨울을 다녀간 사람들에게 쓰고 싶은 것이 생겼으므로, 겨울을 원망하지 않기로 한다.

시적 허용

시인이 되고 싶다는 간절했던 소망만큼이나, 시인이 되고 싶지 않았다. 좀 더 정확히 말하자면 시인이 간직하고 있는 관습적인 이미지에서 탈피하고 싶었다.

그것을 처음 깨달았던 것은 문예창작학과에 입학했을 때였다. 고등학교 때 백일장 상을 휩쓸며 입학한 나는, 선배들이 탐내는 후배였다. 학교에는 여러 시 창작 동아리가 있었는데, 선배들은 돌아가면서 자신의 동아리에 입회하지 않겠느냐며 비싼 일본 가정식을 사주거나 담배를 사주곤 했다. 알량한 알력 속에서 나는 행선지를 결정해야 했다. 그때마다 선배들이 보여준 태도들이 인상적이었다. 무언가를 깎아내리면서 자신의 정체성을 만들어가는 사람, 과거의 영광에 빨대를 꽂고 빈 컵을 마시고 있는 사람. 나는 시를 쓰는 친구가 사귀고 싶었기 때문에 나와 잘 맞는 동아리에 들어가서 시를 썼다. 얼마 지나지 않아 동아리에서 나왔다.

시 쓰는 인간들은 다 그렇다는 말을 너무나도 많이 들었다. 가끔 알 수 없는 행동을 하거나 비상식적인 행동을 해도 시 쓰는 사람들이니까, 하고 넘어가는 경우가 많았다. 문단 술자리에서 경험한 기이하고 엽기적인 행동들도 시인들끼리 있으니까 우스갯소리로 넘어간 적이 많았다. 나는 그런 것들을 보면서 이게 다 무슨 소용일까? 하고 혼자서 반문하고는 열심히 술을 따랐다.

삶에게도 시적 허용을 적용한다면 너무나도 쉽게 살아갈 수 있을지 모르겠다. 가끔 친구들이 시를 가져와 이게 무슨 뜻인지, 왜 이렇게 되는지 설명해달라고 할 때마다 나는 귀찮아서 '시적 허용'이라고 대답했다. 친구들은 심오한 표정으로 고개를 끄덕이고는 다시는 찾아오지 않았다.

삶이 시처럼 읽히는 작가들의 자서전이나 평전을 읽을 때면 절반은 믿고, 반절은 이해하지 못한다. 믿을 수 없는 이야기라곤 은행 업무에 소질이 없거나, 밤낮으로 비가 내려 지하실 서재에 물이 차지 않을까 염려하는 사소하고 일상적인 걱정 정도랄까. 그러니까 소설보다 더 소설 같고, 시보다 더 시 같은 삶은 문학적인 반동 속에서 만들어진 것일 뿐, 삶에 시적 허용을 적용하며 책임질 수 없는 행동을 자기합리화하며 살아가는 것이 나는 못마땅했다.

한때 늦게 자고 늦게 일어나는 불규칙한 생활을 하면서도 이렇게 살면 안 된다 스스로를 책망했지만, '나는 시를 쓴다'라는 자의식으로 나를 용서하던 시기가 내게도 있었다. 전업 시인이 되겠다고 꿈꾸었던 열망이 생계 전선 앞에서 얼마나 무지했던 소리인지를 뒤늦게야 알게 된 것. 그제야 불성실하고 때론 충동적이며, 자신의 삶을 중력의 상태에서 내버려두는 것을 시를 쓰는 사람의 태도라고 허용하며 살았던 시간을 철회했다.

시인 같아 보이는 것, 시인다운 것, 역시 시인이라서 다른 것, 그런 모습을 누군가에게 들킬 때마다 오래도록 퇴고하지 않는 시인의 자화상을 생각한다. 너무 쉽게 나를 허용하고, 또 너무나도 쉽게 나의 불성실함을 시적으로 만들었던 시간을 몽고반점처럼 간직한 뒷모습을 보게 된다.

뭐든 배우려는 태도

지난 연말에 기나긴 휴가를 받았다. 어디에도 나설 수 없는 코로나 상황 때문에 긴 시간을 집에서 보냈다. 때마침 오일파스텔이 집에 도착해 있었다. 처음 만져보는 오일파스텔을 쥐고 무작정 스케치북에 그림을 그렸다. 대부분 이름 모를 꽃이나 나무였지만, 앉은 자리에서 몇 시간을 훌쩍 보냈다.

본격적으로 그려보고 싶어서 유튜브를 통해 이것저것 검색했다. 친절히도 알려주는 랜선 미술 선생님의 기법을 따라 하면서 천천히 그려갔다. 완성된 그림을 놓고 보니 좀 전까지 생각나는 대로 막 그렸던 그림이 더 괜찮아 보였다. 배워서 따라 그린 그림은 꼭 엉성한 모조품 같았다.

긴 휴가를 배달 음식으로만 해결할 수 없기에 요리 실

력도 발휘했다. 이것저것 메뉴를 바꿔가며, 알고 있던 몇 없는 메뉴를 응용해 새로운 음식을 식탁 위에 올려놓았다. 내 요리에 늘 후한 동생은 언제나 맛있다고 말해주었다. 검색창에 '백종원'만 입력해도 수십 가지 요리 레시피가 쏟아지는 정보의 바다에서 나는 나만의 레시피로 수정해 기록했다. 친구가 대만에서 사온 요리 노트에 내 요리 비책을 적어가기로 결심했다.

시 쓰는 일을 계속할 수 있었던 것은 시가 재미있기 때문이었는데, 때론 시 안에서 계획되지 않은 곳으로 흘러갈 때의 기쁨이 있었다. 혼자 있는 시간 속에서 시의 미로를 헤매고, 길을 만들고 허무는 작업이 좋았다. 정답이 없다는 그 막막함을 무엇이든 해도 좋다는 드넓은 용기로 바꾸는 일이 좋았다. 그것이 언어가 가진 매력이 아닐까 생각하면서 배웠던 것을 잊는 연습을 했다. 잊기 위해서는 배움이 필요했는데, 정공법을 조금씩 피해가면서 나를 벗겨내는 기분이 들었다. 배운 대로 해야 할 것 같은 반듯한 마음을 기울여 내 목소리를 술처럼 따랐다.

어떤 기술을 새롭게 익히고 단련한 사람은 실패할 가능성이 있다. 왜냐하면 완성에 대한 기준이 생겼을 테니까. 자신의 결과물에서 찾아낼 수 있는 과정의 단점을 더 쉽게 발견할 수 있기 때문이다. 배운 적 없는 사람은 이게 맞는 건지 틀렸는지 알 수 없는 상태로, 자신이 가지고 있는 것을 그대로 밀고 간다. 훈련된 기술이 가져다주는 정교함이나 완성도는 기대할 수 없겠지만, 그 상태에서 뿜어내는 에너지는 팽창할 수 있다고 믿는 편이다. 그런 의미에서 제멋대로 그림을 그리고 요리를 한다. 우연으로 거듭하는 기쁜 순간을 필연적으로 만들기 위해 노력하면서, 배운 것을 배운 그대로 간직하지 않으려고 애쓴다. 진짜 배움은 거기에 있다.

배우지 않아서 기쁘다는 이 역설적인 말을 꼭 기억하고 싶어서 이 글을 적는 것인지도 모르겠다. 배워서 남주냐는 말을 생각하면, 배움에는 아무래도 더 크고 확실한 기쁨이 드리우고 있는 게 틀림없다. 한없이 뛰어놀 수 있는, 터질 때까지 풍선을 불어볼 수 있는 그 알 수 없이 부풀어오르는 위험한 상태를 간직하는 것도 좋다. 모든 것을 다 잘하고 싶어 하는 나의 성실하고 모범적인 형태의 욕망을 망치더라도, 끝까지 해보는 배우지 않은 일들로 투명하게 바라본다. 필연적인 것으로 만들기 위해 노력하는 것들과 우연처럼 다가오는 것들을 위해 노력하는 방식이 서로 다른 방향에서 온다. 그 균형이 좋아서, 그저 좋아서 하는 일들을 배우지 않는다. 모르는 기쁨을 간직한 채로.

다시 태어나기

몇 번 본 적 없는 선배로부터 날계란을 머리에 맞게 된다면?

대학에 갓 입학했을 때 선배들과 함께 MT에 간 적 있었다. 신입생들은 따로 마련된 자리에서 학생회장의 이야기를 듣고 있었는데, 선배들이 들이닥쳐 날계란을 신입생들의 머리에 터트렸다. 다시 태어나는 의미로 행해진 '탈피식'이었다. 대학교에 갓 들어가서 겪은 이 작은 수모를 견딜 수가 없어서 키가 제일 큰 선배에게 찾아가 따진 기억이 있다. "야, 그걸 심각하게 받아들이면 어떡해. 우리도 다 그렇게 해왔어. 다시 태어나는 거야. 알을 깨고 나오는 거지." MT의 성지였던 가평에서 들었던 이상한 핑계.

다시 태어난다는 것은 어떤 것일까. 끝맺음 없이 다시 태어나는 것이 가능할까? 날달걀을 맞고서 "저는 새로 태어났어요!" 할 수 없었던 나는 종종 다시 태어남에 사로잡힌 이 세계와 불화한다. 그래야만 희망적이고 밝은 새 삶의 국면을 맞이할 수 있기라도 한 듯이.

친구는 언제나 내게 손톱을 보여주고는 했다. 둥글고 바짝 깎은 손톱을 자랑하듯 보여줄 때마다 내가 의아해하면 꼭 다시 태어나는 기분이라는 설명을 덧붙였다. 그런데 너무 바짝 깎아서인지 콜라 캔 뚜껑 하나 제대로 열지 못하고, 무언가를 집는 게 어설펐으며 손톱 주변은 붉은 통증이 올라와 있었다. "자고로 손톱은 바짝 깎으면 안좋아. 차라리 네모로 깎는 게 좋다고 하던데." 그런 말에도 친구는 아랑곳하지 않고 바짝 손톱을 깎았다. 상자에 달라붙은 테이프를 뜯을 때도, 등을 긁을 때에도 불편해했다. 정말 새로 태어난 사람처럼 서툴고 엉성했다.

문학적으로 '다시 태어난다'는 말은 자주 쓰인다. 수전 손택이 자신의 새로운 정체성을 발견하는 일기에 붙인 제목도 《다시 태어나다》이다. 다시 태어난다는 것, 그것은 일종의 자기 암시다. 자기 안의 신화적인 것을 만들고 숭

배하는 일이다. 그렇게 믿으면, 정말 그런 것이기 때문이다. 그 허상이 더 올곧은 믿음을 데려오기도 하니까, 실제로 주변에는 개과천선한 사람을 두고 다시 태어났다고 말한다. 얼굴을 돌려 깎아 갸름해진 사람도, 실연한 이후 라이프스타일이 몰라보게 달라진 사람도, 몇 번의 파양 끝에 좋은 주인을 만난 강아지도, 죽었어도 모를 만큼 어둡고 추운 창고에서 구조된 고양이도 그렇게 다시 태어난다.

내가 다시 태어난다는 말이 지니는 어떤 강박을 그만둔 것은, 이미 지니고 있거나 품고 있는 것을 부정하고 싶지 않기 때문이다. 그것들을 있는 그대로 마주할 수 있는 용기가 필요했으며, 그건 다시 태어날 필요가 없는, 이미 태어난 자가 해야 할 '살아갈 날들'의 일과라고 생각해서였다.

나는 다시 태어나지 않을 것이다. 언젠가 한 친구가 다시 태어나면 무엇이 되고 싶냐는 질문에 '뱀눈각시나방'이 된다고 했다. 그 자리에 있던 친구들이 깔깔 웃으며 "그게 뭔데?" 하고 되묻자, "아무도 모르지만 이름이 있는 것"이 되고 싶다고 말하였던가. 손톱을 바짝 깎는 친구의 대답이었다.

무섭고 매운 것 먹기

스트레스가 심한 날이면 매운 음식을 먹었다. 입안이 얼얼해질 때까지, 땀을 뻘뻘 흘릴 때까지 무섭고 매운 것에 영혼을 제물처럼 바치고는 개운해지길 기다렸다. 전라도에서 유년 시절을 보낸 나는 대체로 짜고 매운 음식을 좋아했다. 매운 것을 먹으며 손부채질을 하는 일이 빈번했지만, 매운 것이 가져다주는 고통의 감각을 즐기는 편이었다. 얼이 빠지도록 매운 것을 먹으며 정신이 번쩍 들게 만드는 마법이 필요했는데, 그 호출에 성실히 응답하면서 매운 것이 가져다주는 이상한 환각으로 어려운 시간을 통과했다.

특히 혼자만 아는 거사를 치르거나, 기나긴 프로젝트가 끝났을 때 매운 것을 먹었다. 원고 마감에 바짝 긴장해 있었거나, 책 한 권의 원고를 탈고하고 나면, 한 세계의 방문을 쾅 닫고 떡볶이를 만들었다. 가학적으로 최대한 매울 수 있는 재료를 잔뜩 넣고, 조금은 두려워하며 포크를 가져다 대면서 마음 속 응어리를 깨워 혼내주었다.

사람들마다 고집을 부리며 하게 되는 것들이 있다. 언제부터인가 보이지 않는 것을 다루고자 하는 욕심이 커지게 되었는데, 그 신비로움을 마주하면서부터 보이지 않는 것을 음식이든, 사물이든, 행동이든 빗대어 생각하게 되었다. 형용하기 어려운 심정을 눈에 보이는 것으로 만들어 이해하고 싶었던 나의 습관은 매운 것을 먹는 일로 빈번해졌다. 이 은유의 세계 속에서 최대한 자극적이고, 최대한 선명한 것을 찾아다녔다. 그럴수록 몸은 말라갔다. TV에서도 기이한 수집에 집착하거나, 자신의 보이지 않는 무언가를 다루게 된 계기로 그 행동을 오랫동안 하는 사람의 이야기가 나온다. 라면만 먹는 사람, 물 대신 탄산음료만 마시는 사람의 이야기를 아는가. 그 음식이 가져다주었던 어떤 기묘한 순간을 굳게 믿으면서, 그게 자신을 계속 나아지게 하리라 믿는 것. 그것이 무엇을 망치던지 맞바꿀 수 없는 자기만의 의식으로 균형과 중심을 찾아가는 행동이었다.

치아 교정을 4년 동안 하면서 매운 것을 먹지 못했다. 고통에 더 큰 고통을 데려올 수 없었으니까 자제했다. 교정 치료가 끝나고 매운 것을 처음 먹었을 땐, 아이의 입맛으로 바뀌어 있었다. 이제는 내가 아는 통점에도 미치지 못하게 되었고, 이 헛헛함을 어떻게 다뤄야 할지 궁리하게 되었다.

마라맛, 핵폭탄맛, 불지옥맛 같은 것에 구슬려 내 고통을 혀의 고통에 이관하던 시간이 지나고 나는 쿨피스를 가장 먼저 뜯어 유리컵에 따라놓는 사람이 되었다. 순간적으로 나를 모면하기 위해서 먹었던 무섭고 매운 음식들을 식탁에서 멀리하고, 대신에 나를 위해 최선을 다해 요리하기 시작했다. 제철 식재료와 건강한 음식으로. 나를 대접하는 마음으로 음식을 잔뜩 차려놓고는, 요리에 기운을 다 쏟아 정작 밥맛이 뚝 떨어지더라도.

나는 보이지 않는 심정을 까다롭게 다루기로 했다. 매운 것을 찾던 나를 건강히 지치게 만드는 피로, 그 맛을 알게 되면서부터였다.

깨지지 않기로 한 약속

일본 오키나와 쓰보야 거리에서 유리 공예 작품을 들고 구경하다가 깨뜨린 사람을 본 적 있었다. 난감한 상황을 수습하는 직원과 어쩔 줄 몰라 하며 미안해하는 관광객 사이로 산산조각이 난 유리 공예 작품은 더 이상 손 쓸 방법이 없어 보였다. 아스팔트의 뜨거운 열기와 쏟아지는 햇빛 속에서 깨진 유리의 울퉁불퉁한 면이 반사되어서 그런지 정말 눈이 부시도록 아름다웠다. 바다의 윤슬을 가져다 놓은 느낌 혹은 무지개를 가까이서 보는 것만 같았다. 잘 만들어진 공예품을 볼 땐 별 감흥이 없었는데, 이렇게 깨지고 나서야 아름답게 보일 수 있다니, 생각하게 된 것이다. 이때의 기억이 강렬해서 〈유리물산〉이라는 시를 쓰기도 했다.

그때의 반짝임을 잊을 수가 없는 것은, 깨지지 않으려고 애쓰는 삶에 대한 나의 태도를 환기했기 때문인지도 모른다. 삶에 있어 생기를 잃어갈 무렵에는 무슨 일이든 일어나기를 바랐다. 별일 없이 지낸다는 안부가 시시하고, 삶을 무슨 재미로 살아야 할지 까마득하게 잃어버릴 때쯤엔 모든 게 그대로인 상황이 싫기도 했다. 왜? 아무런 일도 일어날 수 없게끔 생활을 단속하고, 돌봐온 노력은 온데간데없고 이제와 시시하다고 말하다니. 간사한 마음에 꽁꽁 묶여서는 낯선 이국 거리에서 봤던 반짝임을 떠올리곤 했다.

　시 이야기를 할 때 눈이 반짝거리는 사람과는 쉽게 친구가 될 수 있었다. 그 눈빛은 매끈한 반짝임이 아니라 이미 깨지고 회복하기를 반복하며 생긴 결정체다. 우리는 우리가 어떤 함정에 빠지게 되는지도 잘 알고 있고, 그 함정에서 빠져나와 어떻게 맺히고 싶어 하는지 잘 알고 있어서 어렵지 않게 우정을 나눌 수 있었다. 깨짐의 반복이 단단하고 빛나는 광물이 되어간다고 생각하면 시를 쓸 때 어떤 실패에 대한 두려움 없이 내 안의 언어로 몰아칠 수 있었다.

하지만 여전히 실패가 두렵다. 무섭고, 되도록 하고 싶지 않은 것이다. 실패를 자양분 삼아야 한다는 교훈은 믿고 싶지 않다. 최대한 실패를 피해 원하는 바에 도달하고 싶다. 그러나 살다 보니 그건 과욕이라는 것을 깨닫게 되었다. 마음대로 되지 않는 일이 한둘이 아니며, 꼭 원하는 대로 한다고 해서 만족스러운 것은 아니기 때문이다. 깨지지 않았으면 몰랐을 유리 공예품의 아름다움처럼, 어떤 실패나 시행착오가 없었더라면 몰랐을 의미를 생각해 보면, 대부분 일들에는 이유가 있는 듯하다. 그 이유를 스스로 곱씹으며 어떤 의미로 다시 태어나게 하는가에 대한 시선은, 내가 삶에서 반짝거림을 찾는 시선과 다르지 않다. 너무 익숙해서 소중한지 몰랐던 일상을 우리는 코로나로 위축된 삶을 살아가며 알게 된다. 코로나가 앗아간 일상을, 우리는 천천히 회복하면서 깨지고 무너진 자리를 매만져가야 할 것이다. 모든 것을 단정하고 깔끔하게 만들 수 없다.

하고 싶은 것, 되고 싶은 것처럼 앞으로를 기대하며 쓴 목록이 많았다. 그런 것은 장래희망처럼 늘 품고 살았던 것이었으므로, 나는 뒤돌아보는 일에 천착했다. 앞으로 할 것이 더 많을 내가 그만둔 것을 세어본다는 것은 깨지지 않기로 한 약속을 어기는 것과 같다. 내 생활 반경에서 겪었던 크고 작은 실패들을 헤아리던 이 목록은 내 파편의 반짝거림을 찾아내는 기쁜 일이기도 했다. 지금은 하지 않는 것들이지만, 그땐 열렬한 마음으로 임했던 것들이다. 훗날에 다시 할 수 있는 일이기도 하며, 머지않아 철회해야 할 목록들도 있겠지만. 이토록 서로 같은 모양 없이 깨져버린 실패의 목록이, 나를 어떻게 이루고 있었는지를 본다. 매끈하게 잘 만들어진 유리 공예품일 땐 지나치고야 말았던 완성된 세계보다, 뜻밖의 일로 자신의 형체를 잃고서 아름다움을 발휘하게 된 미완성의 순간이 더 끌리는 이유이기도 하다.

그만두길 잘한 것들의 목록

초판 1쇄 발행   2021년 5월 31일
초판 5쇄 발행   2023년 12월 26일

지은이   서윤후
기획편집   염은영
디자인   고영선

펴낸곳   (주)바다출판사
주소   서울시 마포구 성지1길 30 3층
전화   322-3885(편집), 322-3575(마케팅)
팩스   322-3858
E-mail   badabooks@daum.net
홈페이지   www.badabooks.co.kr

ISBN   979-11-6689-022-2 03810